黄河故事

The
Yellow
River
Story

邵丽 著

河南文艺出版社
· 郑州 ·

图书在版编目(CIP)数据

黄河故事/邵丽著. —郑州:河南文艺出版社,
2020.12(2022.4 重印)

ISBN 978-7-5559-1073-2

Ⅰ.①黄 … Ⅱ.①邵… Ⅲ.①长篇小说-中国-
当代 Ⅳ.①I247.5

中国版本图书馆 CIP 数据核字(2020)第 216866 号

策 划　杨 莉 马 达
责任编辑　杨 莉 张 丽
责任校对　丁淑芳
封面设计　陶 雷
版式设计　刘运来
美术编辑　吴 月
责任印制　张 阳
封面绘画　段正渠

出版发行　河南文艺出版社
本社地址　郑州市郑东新区祥盛街 27 号 C 座 5 楼
邮政编码　450018
承印单位　洛阳和众印刷有限公司
经销单位　新华书店
纸张规格　890 毫米×1240 毫米　1/32
印　　张　8.125
字　　数　153 000
版　　次　2020 年 12 月第 1 版
印　　次　2022 年 4 月第 3 次印刷
定　　价　50.00 元

印厂地址　洛阳高新区丰华路 3 号
邮政编码　471000　 电话　0379-64606268

看见最卑微的人的梦想之光，我觉得是一个作家的职责所在。往大里说，其实是一种使命。毕竟，如果没有足够的慈悲和耐心，那梦想之光是很难发现的。我斗胆说，那种光芒唯其卑微，才更纯粹更纯洁。我知道从逻辑上讲这种说法未必能够自洽，但这的确就是我写《黄河故事》的初衷。

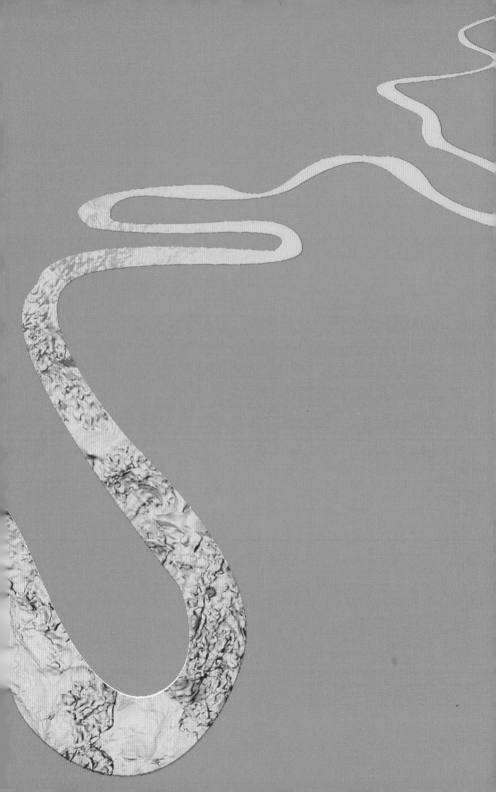

代序

当你
懂得了一条大河

邵丽

一

　　与许多年后看黄河、写黄河成为我职业生涯的一部分相比，第一次看见黄河简直显得非常狼狈和寒伧。那时候还不知道"体面"这个词，其实即使知道了也不知道该怎么用——圣人说，体面是吃饱喝足之后才能得到的体验。总体上说，上世纪 70 年代初仍是一个饥馑的年景，黄河两岸的人民大多衣衫暗淡，面容黧黑，神情惶恐。那样的姿态是挂不住体面的。

　　我们居住的那个小城距黄河有一百多公里。那一年我只有四五岁的年纪吧，不知道什么原因，父亲到豫北某地出差要带着我，或许那年月出一趟远差太让人激动了，特别是要过黄河，他希望能有人和他分享。这期望对我来说显然过于宏大，我父亲后来说，我细小而且轻省，可以坐在他的腿上不占地儿。我们坐的是那种老式吉普，我父亲所说的一车熟悉的人我自然是完全记不得了。车过黄河的时候很有可能我睡着了，反正没有任何记忆。那时候我和父亲关系甚好，他中年得女，视我为掌上明珠。有父母溺爱，让我的童年生活宽绰了许多。因此在很多事情上我是大意的、松懈的，也许可以奢侈地说是颓废的，比如看一条河，哪怕是黄河。一条河流对一个幼童来说，比一枝花骨朵、一只养在空罐头瓶子里的小鱼小蟹重要不到哪儿去。

我恍惚记得，那时候路上的汽车并不是很多，但是在归途中再过黄河桥的时候却被堵在河北岸，滞留了将近三个小时。我又冷又饿，有附近村庄的妇女叫卖烧饼和茶叶蛋。我吃了两个鸡蛋和半拉烧饼。开始父亲还逗我，安慰我，后来他自己也等得有点不耐烦了，点了一支烟夹在手上，木着脸看着车窗外。所以车子重新颠簸着走上黄河桥的时候，我已经蜷在父亲的怀里对外部世界失去了兴致。在半睡半醒之间，父亲摇着我说："快看快看，我们过黄河大桥了！"我揉揉眼，扭过头去看窗外，在昏暗的天空下，瞧见那大平原一样安静的河道中，几支瘦弱得像快要断气了的水流。偶尔有大片的水鸟掠过，也不能在水里投下影子，那河水细弱得盛不住庞大的鸟儿。现在想来，橙黄的夕阳下，水面波光粼粼，那景致该是极美，可我的记忆里全是萧索。对于一个幼童来说，狭长的桥梁坚硬而无趣。大桥之上尚没交通管制，车辆可以靠边停下来看风景。风很大，父亲紧紧地拉住我的手，稍有疏忽，我就有可能飞出去。其实那时候我已经跟着父亲和哥哥们认识了很多很多字，因为要看黄河，父亲提前几天教了我几句顺口溜："黄河绿水三三转，碧海青山六六湾。黄河浊水三三曲，青草流沙六六湾。千山红叶千山树，万里黄河万里沙。"很多年里我只以为是父亲编的词逗我玩儿，有一天发现这顺溜溜的言语，竟有着内政外交的很多故事。我估计也有杜撰的因素，而后人如何狗尾续貂，父亲又是从哪里得来又传给我，已不可考。反正不管如何，这个样子的黄河突然迎面而来，让我猝不及防，而且不知道它与我背的这些东西又有什么关联呢。我有一种说不出来的失望，抑或是完全不感兴趣。甚至，它远远没有我姥姥家门口的那条河看起来更像一条河。儿时记忆里的每一条河都是水草丰沛，河水清澈见底，大鱼小虾自由自在地穿梭其间。所以，等我回去见到满脸向往的两个哥哥，只赌气似的说了一句，黄河不好看！反正我就是觉得，河得有河的样子，何况是被父亲大肆渲染的黄河呢！

　　关于黄河的记忆与父亲，是我在写这篇文章时才突然想到的。因为第二次看黄河仍然是和父亲一起去的。那年我要去郑州读大学，报到的时候父亲母亲一起跟车送我。我第一次离开家到省城念书，还是让父亲有点郑重其事。办完入学手续，父亲说，郑州新黄河桥建好了，咱们一起去看看吧！我读书的那个学校，离新黄河桥倒也不甚远，只半个小时的车程。我急于摆脱他们，而且，想起幼年的记忆，我并不想跟着他们去。母亲不由分说把我拉上了车，对于她来说，省会的一切都是新鲜的。除了幼年逃荒，她是个没到过县城以外的女人，尽管说起来她亦是很早就投身革命。也许因为心情，也许因为天气，那次站在崭新的、刚刚通车的黄河桥上，我痛痛快快地看了一次黄河。真是出乎意料，眼前的黄河虽然河水并未如期望的那么多，但它那阔大的身躯、奔涌的气势和一望无际的辽阔，还真是让我感到了震撼。我母亲动情地说，黄河黄河，水真是黄的啊！父亲也莫名其妙地说了一句："打破砂锅问到底，跳下黄河洗不清。"我有点替他害羞，哪儿和哪儿啊？多年之后查阅，竟然又是一副名人撰下的对联，我着实应该替自己的无知害羞。

不过父母亲之所以要说点什么，我觉得肯定跟看见黄河的满心激动有关。其实，当我再次面对黄河的时候，难道没有心潮澎湃吗？我觉得这才是黄河应该具有的模样和阵仗啊！

时光荏苒，在两次看黄河中间，我度过了十几年青少年时光。很多年之后，我觉得我最应该书写的就是我的童年和少年时期。后来我也的确写了一些关于儿童记忆的文章，但每当我再读它们的时候，却感到异常的陌生。我不知道写的是谁，怎么看都不像我。我孤独而忧郁，清高而固执。我对自己历史的认知更多的是形而上的偏执，就像后来我与父亲的关系一样，几十年里都没打破那种内在的紧张，冰冷而坚硬。其实也未必真的如此，但没办法，在叛逆的内心里，我与世界横亘着一条大河。但那还不是最重要的，重要的是我的那段历史，还没开始述说就已经见底儿了。它怎么会那么短呢？无论如何它不该那么短啊！

可是，当我在讲述黄河、用百度搜索黄河时，看到这条有着一百多万年历史的母亲河的介绍，只有区区不足两万字时，才突然觉得自己的历史已经太长了。

二

有那么些年，我在豫中城市漯河生活。沙颍河的最大支流沙河自漯河穿城而过，与澧河交汇，故在此称为沙澧河。再往下走，至周口段，又与颍河交汇，改称沙颍河。有一年为了给这个城市写一部传记，我曾经沿着沙河溯流而上，在朋友们的帮助下找到了它的源头。它藏在尧山的半山腰一个凹陷的洞穴里，是个看起来只有拳头粗细的泉眼。如果不是跟前立着一块一人高的牌子，我丝毫也不会觉得这条 600 多公里长的大河的源头竟出自这样一个不但谈不上体面，甚至还有点贫瘠的地方。

直到很多年后我参加走黄河采风团，一路走过了黄淮平原、关中平原，跨越了壶口和河套平原、银川平原、河湟谷地……走过了九曲十八道弯，在巴颜喀拉山上看到黄河的源头也不过只有碗口般粗细，心里方才有点释然。秦丞相李斯在《谏逐客书》里说，"泰山不让土壤，故能成其大；河海不择细流，故能就其深"。由此想来，古人之怀抱胸襟，竟是沿着尘埃细流而装得下高山大河的。

在中国的历史和文学史上，"颍水"是一个亲昵的名字，相传许由洗耳，便是发生在颍水之滨。不过，与沙颍河比起来，黄河的历史要长得多。在史前时期，一百多万年前就诞生成长。开始的时候，她的名字只有一个字，河。这是一个婴儿的名字，也是一个母亲的名字。要有怎样的温情和热爱才能这样轻轻地喊出来？她被称为中华民族的母亲河，自传说中的三皇五帝到夏商周三代王朝，都是紧紧地抱着这条母亲河，把根基全部稳稳地扎进黄土里，甚至一直到宋，中国的历史大部分是沿着黄河筚路蓝缕一路走来的。

世界上几乎所有的文明都发源于大河，也几乎所有的民族都诞生在诗歌的摇篮里。在中国第一部诗歌总集《诗经》里，有人说《蒹葭》就是写的黄河。"蒹葭苍苍，白露为霜。所谓伊人，在水一方。溯洄从之，道阻且长。溯游从之，宛在水中央。"此说颇有争议，反对者认为，这首诗只写到水，并没有写"河"。在先秦文学中，一般的河不称河，只有黄河才称河。也有一说此诗写的是甘肃天水。那么由此看来，《诗经》第一首《关雎》肯定就是写的黄河："关关雎鸠，在河之洲。窈窕淑女，君子好逑。"因为这里的河，在当时只能指黄河。

而当我读到《卫风·河广》时，真真有一种五味杂陈的感觉。也许我不能与诗人强烈的思乡之情共情，但"谁谓河广？一苇杭之……谁谓河广？曾不容刀"，让我有一种与历史久别重逢的悲欣交集，我想起第一次跟随父亲跨越黄河，当时我眼里的黄河，岂不就是那么羸弱细小，间不容刀吗？

把黄河作为中华文明的图腾，怎么说都不为过。岂止如此呢？作为农耕文明的代表，我们先祖的历史就是一部治水史，而因为治水形成的集体主义观念，于今犹盛。黄河的清浊几乎就是国运和统治者德行的象征，人民"俟河之清，人寿几何"的绝望，到庾信《哀江南赋》时，已经变成见惯不惊的平淡："阿胶不能止黄河之浊。"而到了唐代罗隐的诗中，则成为一个死结："才出昆仑便不清……三千年后知谁在？何必劳君报太平！"作为一代才子，罗隐一直怀才不遇，至京师十几年应进士试，十多次不第，最终还是铩羽而归，史称"十上不第"。他把自己的满腹牢骚和悲愤灌入黄河，也是当时知识分子的惯常作为。黄河皆默默吞下，忍辱负重，以待"圣人出，黄河清"。

盛唐时期，黄河并未变清，可唐人的胸怀因为国门洞开，接受八面来风一变而阔大，因此，黄河也成为文人骚客寄托怀抱的最好载体。前有李白"黄河落天走东海，万里写入胸怀间"的豪迈，后有刘禹锡"九曲黄河万里沙"的浪漫。那种"九天阊阖开宫殿，万国衣冠拜冕旒"的大唐气象，着实让后来者始终充满了文化自信：

> 九曲黄河万里沙，
> 浪淘风簸自天涯。
> 如今直上银河去，
> 同到牵牛织女家。

三

从小我就听大人念叨，黄河是面善心恶，长江是面恶心善。对长江我无从了解，虽然去过几次，也曾经自武汉乘船沿江去过重庆，但毕竟匆匆而过，不甚了了。因为工作后迁移至郑州，饮了这许多年的黄河水，对黄河就理解得相对深了些，所谓一方水土养一方人，不仅是物质的，同时也是文化的。

后来长大了我才明白，为什么打小时候周围的老人们说起黄河来，熟悉得好像是自己的玩伴似的。黄河虽然离父亲的家乡还有一段距离，但他们与她的关系太紧密了。我父亲的老家在周口西华县，这个县的整个西部就是黄泛区。其实，黄河迫近我们家族的历史，还是近几十年的事，也就是从有黄泛区的时候开始，他们才真正知道黄河的善恶吧。关于那一段历史，父亲因为亲历过，常常会给我们讲起。作为一个新中国成立前参加革命的老同志，他的讲解只是让我们更好地理解了教科书里所写的，蒋介石不抗日，为了逃跑方便，阻止日军的进攻，炸开了花园口，造成了近百万老百姓的死亡和一千多万人的流离失所。

2014年，近百岁高龄的国民党高级将领、台湾前"行政院长"郝柏村来到大陆探访抗战遗迹。在郑州，当他谈到花园口决堤时，不假思索地面对镜头侃侃而谈："如果不是黄河决口，以水代兵，徐州到西安一路都是平原，日军的重机部队，可一路长驱南下，另一路可直打到西安！"

对这段历史，郝柏村先生是有备而来还是念兹在兹，我们不得而知。他也不是亲历者，花园口被炸时他还远在湖南零陵炮兵学校读书。不过，后来他有在郑州驻防三年多的经历，对此事也许会有所用心吧。历史未必真的能够任人打扮，但真实的历史虽未走远，甚至即使见证人还在，只是因为解读的角度不一样，也还是让我们觉得有云泥之别。我们的母亲河虽然承受了如此之大的磨难和屈辱，但到最后她仍然需要担承到底是善还是恶的褒贬。说恶，她养育了中华五千年黄色文明；说善，因黄河泛滥而造成的灾祸不绝于书，据说大的灾祸将近两千次。发生在1938年的那次炸堤，按照当时国民政府的解读，如果不是6月9日中国军队炸开黄河花园口大堤形成千里泽国，终于挡住了日军机械化兵团，为中国军队主力西撤赢得了时间，当时的中国军队主力在武汉地区会被日军合围歼灭，中国在短期之内就很难再组织大规模的武装抵抗。说白了，那就是亡国之祸。因此才不得不出此下策。其实这跟蒋介石开始就决意的焦土抗战是一脉相承的，中国政府也想以此举昭示天下，无论要付出多大的牺牲，中国都会把抗战进行到底。毒蛇噬其指，壮士断其腕，历史的生死抉择毕竟不是我们在键盘上拣选文字这么轻而易举。

然而，一将功成万骨枯。对于普通百姓而言，个体的命运始终不能掌握在自己手里，总是被绑缚在国家的战车上，遭受着"兴，百姓苦；亡，百姓苦"的政治蹂躏，不能不引以为憾。

据说当时在炸堤之前，国民政府也曾经对花园口附近的百姓进行了疏散。但由于没有考虑后来的天气原因，疏散的范围很小。而花园口决堤前后，已经遭受持续的暴雨浸淫，所以决堤的洪水前后袭击了 44 个县区。由于上游洪水的不断侵袭，再加之战争的蹂躏，花园口决堤处再也难以堵上，对下游造成的伤害长达十年之久。黄水肆虐，污坑遍地，蚊子多，死尸多。难民们又经常露宿在外，遂致瘟疫流行，尤其是随后发生的霍乱，致使死亡者众多。造成约 1250 万人受灾，390 万人外逃，89 万人死亡，经济损失折合银圆超过 10 亿元。后来我想，身处重灾区的我父亲和我叔叔，以及他们的祖辈早年投身革命，肯定跟这次黄河决口有很大的关系。

上世纪 70 年代末，河南小说家李準先生创作《黄河东流去》就是以花园口事件为背景的。李準先生是一个高产作家，也是一个极为认真的作家。为了这部巨著的创作，他用了一年多的时间沿着黄河采访，又花了一年多时间搜集花园口决堤时河南逃荒难民的情况。在此之前，他创作了电影文学剧本《大河奔流》，根据剧本改编的电影《大河奔流》在全国上映后曾经引起不小的轰动。

与电影不同，在《黄河东流去》这部作品里，李準想表达的东西更多，也更深刻，而不仅仅是花园口决堤给人民带来的苦难。据他自己坦言，他想通过这场灾难，表达中国文

化以及中国人在灾难面前的态度，往更深处说，他思考的是
如何从苦难里挖掘出中华民族百折不挠的文化根脉，在生死
攸关的历史事件中寻找民族的精神内核，以此寻找激活中国
人民蓬勃旺盛生命力的动力之源，并为当下提供精神图腾和
栖息之地。从这个意义上说，这部作品具有不可替代的时代
意义和文化价值。

　　李準对黄河以及黄河历史文化的思考也是非常深刻的，
黄河也是他写作的内在驱动力，他认为那是他的文化血脉。
1997 年在北京举办的《河南新文学大系》座谈会上，李準以
"揭开河南作家群产生的秘密"为题作即席发言。他动情地
说道："河南过去那么穷，那么落后，但是作家却一群一群
产生，为什么？我看，这同黄河大有关系。黄河，对河南害
处很大，但我还要歌颂它。黄河带来了无数苦难，但却给了
河南人乐观与大气……是黄河给了我们热烈的性格。谢天谢
地！这是第一条。热烈的情感，是创作的基本条件。"

　　然后他振臂一挥，激动地说："河南还要出大作家！"

　　十几年后，另一个出生在黄河故道的河南作家刘震云写
出了《温故一九四二》。第一次读这部作品我就被震撼了，
后来我在创作一部小说时，引用了其中的一些细节。那些细
节就像深埋在地下的这段历史一样，被"自将磨洗认前朝"
后，发出了闪闪的寒光。那光芒阴郁而持久，像一把达摩克

利斯之剑，始终高悬在苦难的中华民族头上。不得不说，那是某种文化基因，并没有因为时间而改变。

其实发生在 1942 年，也就是老百姓口中民国三十一年的那场灾难，也与黄河有关，更与花园口被炸有关。花园口被炸后造成黄河改道，形成了一片长约 400 公里的黄泛区，致使河南东部平原的万顷良田变成了沙滩河汊。泛区内河淤沟塞，水系紊乱，芦苇丛生，无法耕种，成为水、旱、蝗等各种灾害的发源地。其中危害最大的除了水灾就是蝗灾。1942 年开始的大旱，使得黄泛区土地蝗虫大量滋生，大片大片的庄稼被吞噬。

当时的一个记者曾经这样痛心地写道：那些蝗虫看着是在吃庄稼，其实，是在吃人！

四

那一次走黄河，一口气走了 23 天，最长的一天坐了 15 个小时的汽车。我们自郑州出发，历经了安阳、开封、洛阳、西安、太原、银川、兰州、西宁……在历史上的"八大古都"中，由黄河哺育的古都有西安、洛阳、郑州、开封、安阳五座。除西安外，其余四座都在河南。以黄河中下游地区为中心出现的"文景之治""贞观之治"和"开元盛世"等，曾经长久地烛照着中国古代史，让灿烂的中华文明更加丰腴饱满。从幼年形成的执念里，有个偏见一直延续到现在，那是一种文化霸道：黄河是我们的，黄河的儿女指的就是我们。可是，我后来竟发现还有那么多诗人在说，黄河是我们的呀！是啊，这条全长 5400 多公里、流域总面积近 80 万平方公里的浩荡大河，涉及 9 个省、66 个地市、340 个县，总人口接近 2 亿。

河南诗人马新朝在他著名的长诗《幻河》中写道：

我在河源上站立成黑漆漆的村庄

黑漆漆的屋顶鸡鸣狗叫　沐浴着你的圣光

鹰翅　走兽　紫色的太阳　骨镞　西风

浇铸着我的姓氏　原始的背景　峨岩的信条

黑白相间的细节

在流水的深处马蹄声碎　使一个人沉默　战栗

像交错的根须

万里的血结在时间的树杈上

结在生殖上　水面上开出神秘的灯影　颂歌不绝

岸花撩人　地平线撤退到

时间与意识的外围　护身的香草的外围

高原扭动符号　众灵在走

十二座雪峰守口如瓶

万种音响在裸原的深处悄无声息
…………

　　我写下这些的此刻，英年早逝的马新朝先生已经离开我们五个年头了。那样一个平凡却又不凡的、温和而又自负的、朴素而又高傲的人，现在肯定在他时间的幻河里载浮载沉。我与他同事多年，我们谈及过家乡，谈及过贫瘠岁月村庄里的一棵桃树，谈及过他百吃不厌的白面馒头可以不就菜就津津有味，为什么从不曾与他谈谈黄河呢？新朝先生是南阳人，吃丹江水成长，受的应是楚文化滋润。而他对黄河炽热的情结，是来自何处？我未及问起这些，他终是实现了十二座雪峰守口如瓶的诺言。

　　2004 年随作家采风团去鄂尔多斯采风，十几个人在郊外的草原上喝地产酒，欢声笑语间大家都醉了。远离了灯光的天空迷人心窍，天很蓝很蓝，稠密的星星好像要坠落下来，低到伸手可及。子夜时分，有人借着酒意吵嚷着要去看黄河，响应者云集。越野车上了公路，却不知方向。散文家刘亮程下了车，很诡异地用鼻子嗅了嗅，指了一个方向。将信将疑地朝他手指的方向驶去，大约行了二十分钟，司机打开车窗听了听，说是到了，他听到了河的声音。哪里有河的声音？空旷寂寥的黑暗中，偶尔有一两声虫鸣。因此愕然，莫非那一晚我们都变成了神？大家打开车门纷纷跳下车去，在黑暗中向河的声音处摸去，就那样一个接一个上了河岸。黄河长什么样自然是看不清了，岸上、水里一片漆黑。那时是春天，河非常安静，水流像一个默默赶路的人那样，几乎没有一点声响。风吹过河滩，发出折纸般的沙沙响，因为是春天，并不显得凄凉。几位男士扎在一堆抽烟，女士则说些零星的闲话。我一个人顺着河岸向东走去，万籁俱寂，我的脑袋仿佛被微凉的空气彻底清空，思维里只剩下苍穹和大地。举目尽是荒凉，可那荒凉来得多么好，来得正是时候。我变成了一个完全自我的人，这天地都是我的，我与世界的种种关联清晰而冷冽。一时间我坚定而沉着，不再惧怕旷野和黑暗，若就这么一直走下去，我会走到一个叫郑州的中原都市，那里有我的家。一股暖流涌上心头，突然而至的眼泪纷纷跌落，就像那滚滚东去的大河之水，我对着深夜里大象希形的黄河啊啊啊地哭出声来，那是我几十载最彻底的一次宣泄，我的爱、我的恨、我的欢乐、我的悲切……那一瞬间，我与生命里的世事全部和解了。不管过去经历了多少，欢乐和悲苦，光荣和耻辱，在这个夜晚，在阔大的黄河之滨，一切都显得如此可笑和微不足道，尽管它可能成为我越热闹越孤独的灵魂的识别标记，但是，我不在乎了，真的不在乎了！

2004年春天的那个夜晚，就在黄河岸边的那个夜晚，我突然开了天眼，即使我做不了我自己，我也已经看到了我该做怎样的自己。我宽容一切，包括苦难和恶毒。总之是，时间不是一切，但是时间决定一切。到了最后，在上帝的流水账上，时间终会把痛苦兑换成快乐。其实，幸福也好，痛苦也罢，都是我们这个庞大的人生布局的一部分，所有我们经历的一切，都是我们的人生配额，我们必须毫无理由地接受并完成它，就像这条宠辱不惊、忍辱负重的大河一样。不管过去生活曾经怎样逼仄和残酷，当你挣脱它之后，再回首用遥远的语气讨论它时，即使你痛心疾首，其实都不像是在谴责，而更像是赞美。

在远离家乡的地方，在他乡的黄河岸上，在几千年无休无止、一脉相承的水流里，我仿佛得到遥远的启示。

1997 年 6 月 1 日，香港回归前一个月，台湾特技演员柯受良成功驾车飞跃壶口瀑布，一时间整个中国都沸腾了，可谓举世瞩目。而早在五年前，柯受良已成功飞跃了金山岭长城烽火台，飞跃黄河是他生命的又一个宏大目标。许多知道内情的人都明白，壶口亦是虎口。面对汹涌险恶的水流和犬牙交错的岩石，稍有闪失便是粉身碎骨。柯受良从容淡定地面对十几亿关注者，他微笑着，执意将生命泼洒出去。心意已决，不飞黄河心不死，这是他人生的再一次跨越，更是对自己生命的一次超越。超越自己，是人类最原始的愿望，我们大多数人成就不了传奇，但我们可以成就自身。我家先生喜好摄影，常常挎个偌大的相机周游列国，拍到一张自己满意的照片就欣喜若狂。我有时讥讽他，网上随意一点，美景美图数不胜数，何劳你这般辛苦？他也回讥道，世上的好文章浩若烟海，读半辈子书，名著都未曾读完，你又何苦劳心劳力爬格子写作？我顿时无言，的确是这个道理，似乎再怎么写也写不过诸多前辈，更写不出一部世界名著。但我又为什么不自此放弃呢？我的努力或许真的微不足道，可我来过，我做过，我感受过，这才是真正的人生啊！

当年我站在陕西宜川壶口瀑布前思绪万千。黄河至此才一展雄姿，那闪跃腾挪的姿态令人百感交集。石壁鬼斧神工，瀑布惊心动魄，其奔腾雀跃的气势让人热泪盈眶，中华民族不屈不挠的民族精神的根脉在这里得到最好最畅快的诠释。

2016 年中国作家重走长征路，我们从四川成都出发，前往甘肃会宁。行至四川北部阿坝州若尔盖县唐克乡与甘肃省甘南州交界之处，初见黄河九曲十八弯，大家都被那巨月般的弯绕惊呆了。浩渺的水面并无浪花翻涌，平坦而宽阔的河水静静地流动。此时此地，她还是一个青春明媚的母亲，张开丰盈的怀抱拥抱世界和万物。她的广阔和华美的气派，她的温柔安静，使你无法大声呼吸，你只想扑进她温软的怀抱，与她无尽地亲热和缠绵。这是谁的黄河？是我的黄河吗？你又怎会想到，黄河从这里的第一弯开始，怎么突然就有了磅礴的气势？怎么形成了惊天动地的壶口瀑布？怎么就变得黄沙翻涌浊浪滔天？

我们无从了解黄河的性情，即使她不会瞬息万变，但也是率性而为。她一路奔走，一路歌吟，生发一万个故事，一万种想象，一万种可能。

前日观看河南剧作家陈涌泉先生的新剧《义薄云天》，该剧选取了关羽一生中的重大典型事件，紧扣"义"字，突出"情"字，热情讴歌了关羽"玉可碎不改其白，竹可焚不毁其节"的高贵品质。关羽大意失了荆州，在麦城弹尽粮绝被孙权俘获，孙权劝其归顺，关羽断然回绝："要让我降，除非黄河倒流！"虽然故事并未发生在黄河岸边，但关公心里装的依然是黄河。他生于山西运城，葬于河南洛阳关林，生死不离黄河南北岸。生命中浸润着黄河文化的滋养，他的气节自然犹如黄河一样不屈不挠。

五

黄河不仅仅是黄河，更是一条怀抱历史的大河，也是一条孕育文明和文学的大河。

记得莫言曾经说过，文学使他胆大。他说初学写作时，为了寻找灵感，曾经多次深夜出门，沿着河堤，迎着月光，一直往前走。河水银光闪闪，万籁俱寂，让他突然感到占了很大的便宜。那时候他才知道一个文学家应该是一个不同寻常的人，许多文学家都曾经干过常人不敢干或者不愿意干的事。那么，他感到占了便宜，是因为一条大河吗？

我想是的。当你懂得了一条大河，你就懂得了世事和人生。河是哲学，也是宗教。

即使我们没有见过黄河，没有吟唱过黄河，但几乎每一个人都能够从灵魂上感觉到它。是的，不管如何，黄河就存在在那儿，不管是平静或者喧嚣，她都是一个巨大到超越河流本身的存在。不管发生什么事情，即使天倾西北，地陷东南，都不能改变这个巨大的存在。在有文字记载的历史里，黄河大的改道就有 26 次，但数千年来她依然奔腾不息。她所经见的历史，不管曾经如何辉煌，于她而言，只是一朵小小的浪花而已。浪花淘尽英雄。而我们个人，在历史的黄河中不过是漂流的沙砾。但即便如此，如果我们想通过平常人不敢干或者不愿意干的事而成为一个不同寻常的人，岂是顺流而下所能为？

1988 年，侯德健在中央电视台的春晚上演唱了他的代表作《龙的传人》。那是他十年前因为对美国与台湾断交而引发全岛上下的悲情的不满而创作的。之所以华人地区都喜欢这个歌曲，还是歌曲中"遥远的东方有一条河／它的名字就

叫黄河/……/古老的东方有一条龙/它的名字就叫中国/古老
的东方有一群人/他们全都是龙的传人"拨动了我们心中隐
秘的那根弦——龙代表黄色文明，龙形象的源头就是黄河，
我们都是龙的传人，也是黄河的传人。

　　黄河是中国历史永不谢幕的舞台，其流域有着数不清的
折戟沉沙。从炎黄时代开始这里就硝烟弥漫，"二十四史"
在此轮番上演，英雄圣贤层出不穷。自先秦至北宋，共有41
个朝代建都于黄河流域。有人说，黄河构成北方人的血统。
其实此说甚谬，所谓的南方人，绝大部分不都源于北方人南
迁？所以林语堂认为，中国的历史不过是北方人的征服史：
"所有伟大王朝的创业者都来自一个相当狭窄的山区，即陇
海铁路周围，包括河南东部、河北南部、山东西部以及安徽
北部。……如果我们以陇海铁路的某一点为中心画一个圆圈，
那么圈内就是这些封建帝王的出生地。"

　　英雄创造历史的时代已经沉沉远去，"渐行渐远渐无书，
水阔鱼沉何处问"。而黄河两岸人民的生活还在继续，与那
些英雄圣贤比起来，他们的生活虽然说不上波澜壮阔，但也
依然活色生香。这，也算是我计划写黄河故事系列的缘起吧。

一

　　如果不是为了给父亲寻找墓地，我觉得在很长的时间内
我都不会再回郑州。如果不回郑州的话，我们家庭发生的那
段历史，我是没有时间也没有心情讲出来的。但是话又说回
来，试图忘掉历史的人，恰恰都是有故事的人。

　　至于为什么要寻找墓地安葬我的父亲，说起来真让人难
以启齿。他死去几十年了，骨灰却一直在殡仪馆的架子上放
着，积满尘土。而那些尘土，大部分却是别人骨灰的扬尘。
我常常觉得上帝是个最好的小说家，他曾写出世界上最短、
也最精彩的小说："你必汗流满面才得糊口，直到你归了土，
因为你是从土而出的。你本是尘土，仍要归于尘土。"归根
结底，这也是我们要安葬父亲的动因，他一直没有被埋到土
里。对于一个死去的人来说，没有埋到土里就等于没死完，
没死透，没死彻底，只是一个野鬼游魂罢了。

我到深圳已经二十多年了，后来我又把母亲和妹妹接来深圳，她们也在这里十多年了，而我父亲的骨灰还留在郑州。每到清明或者春节，我和妹妹便依着老家的习俗，买点黄表纸，到楼下西侧的十字路口烧一烧，算是对往生者和活着的人都有个交代。其实有什么好交代呢？一根火柴，几张纸，瞬间成灰，就像与历史对个火儿，想想也蛮虚空的。

火燃起来，明明灭灭地映红我们姐妹俩的脸。时间过滤了悲伤，更何况我们本来就不十分悲伤。我们有时还会一边烧一边说起别的事情，股票啦，老上海饭店后面的麻辣粉啦。说到会心处，还会轻声地笑起来。人行道树上的火焰花偶尔有一两朵跌下来，轻微的一声响，像是一声轻轻的叹息。花开得正盛，在夜晚的灯光下更是红得决绝。深圳的花从冬天一直开到夏天，我们总是分不清木棉树、凤凰花和火焰木的区别，都是一路的红。但这火焰花开在树上像是正在燃烧的火焰，白天一路看过去，一簇簇火苗此起彼伏，甚是壮观。

火焰花下，适合我们搞这个仪式。也红火，也清爽。母亲从不参与这个活动，但也从不干涉，她对此没有态度。

最近几年过春节，深圳都是这种阴不阴、晴不晴温不吞的天气，好像对过年有着深刻的成见非要闹情绪似的，让人一天到晚心里堵得像是塞满东西的屋子。我百无聊赖，睡得晚，起得也晚。那天早上起来下到一楼，看见母亲和妹妹还坐在客厅里有一搭没一搭地说话。昨天是农历二十四。二十四，扫房子。打扫屋子时拿下来的全家福照片被母亲拿在手中擦拭。从侧面看起来，她像一架根雕。她很瘦，干而硬，又爱穿黑衣服。两只树根一样的手拿着相框，让人有一种硌得慌的感觉。她就是这样，以自己的形象、语言和作为，始终与世界拉开距离，我觉得至少是以这姿态与我拉开距离。

我没理她们，把面包片从冰箱里拿出来放进吐司炉里，然后拿了一只马克杯去接咖啡，自己随便弄点东西胡乱吃吃。每天早上我起得晚，而我母亲和妹妹总是六点多起床，七点多就吃完早饭了。她们俩还保留着内地的生活习惯，早睡早起。岂止是把内地的生活习惯带到了深圳，我看她们是把郑州带到了深圳，蒸馒头，喝胡辣汤，吃水煎包，擀面条，熬稀饭，而且顿顿离不了醋和大蒜。怪不得河南人到哪里，都容易形成河南村。她们搬到深圳这些年了，除了在小区附近转转，连深圳的著名景点都还没看完。当然，对于我母亲来说，什么著名的景点都赶不上流经家门口的那条河。不过那可不是什么小河，母亲总是操着一口地道的郑州话对人家说，黄河，知道不？俺们家在黄河边，俺们是吃黄河水长大的！

"这过完年啊，"母亲看着那张照片，嘴张张合合，往照片上喷着哈气。我看她夸张的样子，很想笑，对自己的亲生女儿，没有必要这般表演吧？的确，就这两年她像换了个人，会说起父亲。过去许多年里，她是从来不提我父亲的，我们当着她的面也从不说起父亲的任何事情。在我们家里，好像父亲这个人是从来不曾存在过似的。"你得回郑州一趟，人家一直打电话，说殡仪馆又要搬迁了。还得给你爸再挪个地方。"

"回郑州？"我端着咖啡，挨着妹妹坐在她斜对面，"你呢？"

"我们不回！"

我问的是她，她回答的是我们。我母亲这些年就是如此，她敢于替我妹妹的一切做主。而且，现在只要说让她回郑州，她好像遭受多大苦难似的。

"那好吧！本来我也想回去一趟，趁着回去把我那套老房子处理了算了，现在郑州的房价正高。"

"别。你先问一下你弟弟，看他要不要。"她跟我说话从来就不容分说，"再一个说了，我老了也得有个挺尸的地方吧？"

"好。"我嘴上答应着，心里却暗自好笑。我弟弟又不在郑州，也很少回郑州住，他在郑州买个房子干什么呢？我的眼睛像透视镜一样，对她那点小心思门儿清。她是想让我把那房子留下来，却又不肯说，她在我面前是需要维持尊严的。而对于我来说，根本不缺那一两百万元，我是故意说卖房子的事给她听。既然她不开口讲出来，我就没必要让她过于遂心如意。

"还有，"她停下手里的活儿，用右手食指摸了一会儿下巴，然后重重地敲打着桌面，严肃地看着我和妹妹，"你们姐弟几个商量商量，让你爸这样挪过来挪过去终究也不是个办法。不行的话，在黄河北邙山给他买块墓地安葬了算啦！人不就是这回事儿？不入土就不算安葬。你爸死几十年没安葬，他不闹腾才怪！我看，还是入土为安！"

我妹妹好像才突然睡醒似的，从手机上抬起头，看看她，又看看我。估计刚才我们说的什么她都没怎么听，但只管伸个懒腰站起来说："好！我没意见。"

对母亲的话，我却一下子没有意识过来，端着咖啡杯子的手在唇边呆住了。自从我爸死后，几十年来她第一次这样郑重其事地主动说起安葬他的事儿。不知道为什么，我的心突然有点发紧，手心里汗津津的，说不清楚是疼痛、伤心还是恼怒。

"我打电话问过了，一块差不多的墓地二十多万，你们看看怎么办吧！"她又用那根指头摸起了下巴。

我一边抿着咖啡，一边拿眼睛盯着她。我知道她这话是说给我听的，这钱弄到最后还是得我出。于是我想了一下说："妈，普通墓地二十多万，只能用二十年；好点的墓地五十多万，宽展，而且可以终身使用。你不是不想让我爸挪来挪去吗？再者说，还有你，百年后我爸身边可给你留个位置?"

我这样说的时候，眼睛一直没从她脸上挪开。她先是像被蝎子蜇了一样立起来，想说什么，又似乎感觉我不怀好意，叹了口气重重地坐下来，说："百年之后是以后的事，我死了，自己又不当家。你们把我埋在那个……他身边，可不是我自己要求的!"

她差点脱口说出"饿死鬼"三个字，过去她老是这样称呼我死去的父亲。

"那就这么定了?"

"好吧。那就买好的，五十多万的!"母亲说。

"妈，要不这样，"我笑着对她说，"要是二十多万呢，我自己拿了就算了。这五十多万，你看我们姐弟五个，他们几个一人拿十万，剩下的钱，包括安葬的各种开销全都由我包了。这样大家都尽点孝心，您觉得怎么样?"

她看看我，又看看我妹妹，好像没听懂似的，一脸迷茫的神情。

"不过我大姐二姐还有弟弟，你得先一个一个给他们打电话说一下。我这次回去好跟他们商量这个事儿。"我紧追不舍地说。

她终于弄明白我的意思了，估计心里有点恼怒，把镜框来来回回翻了几遍，然后面朝下，咣当一声扣在桌子上，说："好吧！"

那是我们家唯一的一张全家福，我小妹妹周岁那年照的。小妹妹被母亲抱在怀里，依偎在她旁边的三岁多的弟弟穿着撅肚子的对襟小袄，鼻涕清晰可见。那个相框里父亲的照片，也是他留在世上唯一的一张。他表情别扭得好像走错了门似的，目光迟疑地看着镜头，一只眼大，一只眼小。

深圳这座城市，说到底也就几十年的工夫，可她平地起高楼，活生生长成一副王者之相。鳞次栉比的高楼大厦，大块的绿地，车水马龙的街市，让人恍入仙境。原生的和移植过来的古树螭蟠虬结，虎踞龙盘。生机勃勃的现世存在，会让人忽略她的历史。

我们不得不承认，这块骤然升温的南方热土实现了一大批创业者的梦想。有政治家，他们因在此杀出一条血路而成为复制深圳经验的管理者。有曾经一文不名的知识分子，他们将自己的学识与前沿科技对接，成为各种应用软件的持有者。有商人，他们怀揣几千甚至几百块钱来此寻找商机，在这里成为闻名遐迩的企业家。当然，更多的是我这样最底层的劳动者，从工地到工厂，从酒店到商场，筚路蓝缕，一步步做到了管理层，而后我们中的一批人做了老板，最终占据这片土地，成为城市的主人。这个城市的主人来自全国的四面八方。

当初我跟着河南的建筑公司来到深圳，成为工地上最小的一名建设者。工头看我小，嫌弃我。我不服输，就和一个大个子小伙子比赛搬砖。他虽然力气比我大，却没我灵活，也没我跑得快。我尽管搬得少但比他跑的次数多，比他还快两分钟搬完一百块。结果他气喘吁吁大汗淋淋，我看上去气定神闲，好像一点儿也不累。当然，我厉害的并不是搬砖速度，我还会算账。根据工程进度和工人熟练程度，我大致能提前算出来哪里需要多少块砖和其他物料，这样就极大地提升了工作效率，减少了不必要的劳动。大家对我伸出大拇指，交口称赞。那些不会说普通话的乡下汉子不喊我的名字，他们称呼我郑州小能人。那时我刚刚初中毕业，一个瘦骨伶仃的毛丫头。唯有的，是我眼睛里的那份倔强。我离家闯世界时虽然身材瘦弱，可我的内心有多强大，母亲可能根本不知道，她也不屑于知道。可我怎么能忘得了呢？

我得知道感恩，命运待我是好的，它虽然给了我很多磨难和挑战，但也给了我机遇。人家说，机遇与挑战并存，我觉得那不一定。我爸就是明显的例子，他曾经有过什么机遇呢？抻开来说吧，如果他能活到现在，可以到处跑着打工，也算是机遇吧！可是没有，他那个时代，什么都没有，人该在哪里活，怎么活，都是固定好的。所以我的感恩，的确是发自肺腑的。我后来想到，如果不是遇见任小瑜一家人，如果我没有机会展示做厨子的天赋，我能活成什么样子呢？干几年，干不动了再返回家乡去？客死他乡的结局也是有可能的，我更愿意客死他乡。让我返回郑州，是我无法想象的，我不能回去面对我的母亲，更不能听任她把我嫁给一个只是她满意的人。少年的日子让我不寒而栗。

说实话，我是真喜欢深圳的饭菜，深圳的饭菜里有自由自在的那种自由。只要不面对母亲那张刻薄的脸，什么食物我都能吃出香来。我还喜欢职工宿舍那张我睡觉的狭小的床，发第一个月工资我就去买来一块碎花棉布，将我的床的四周都装上帐幔。晚上我钻进小床里，这整个空间就属于我一个人，它是我的方舟。我每天睡着的时候都会发愿，它可以任意载我到任何一个地方去，只要远离我的母亲和家乡。说来也怪，在深圳走到任何一个地方都有可能遇见河南人。你越是想远离家乡，家乡越是无处不在。多年以后，我出差偶然去过一次江门，想起了河南老乡们说的，要是去江门，一定要去看看华侨博物馆和碉楼，里面都是河南人的印记。确实如此，很多河南人来到这里扎下根，又一代一代漂洋过海去南洋、去美国。建房子、修铁路、种植甘蔗，他们经历了常人难以想象的苦难。为了防止他们逃跑，老板让他们戴着脚镣劳作。无法承受的劳动量，劣质的饮食，不适宜的气候，让有的人没几年就病累而死。而有些活下来的人，落一身病痛，到老回到家乡也还是个漂泊一辈子的穷华侨。但毕竟还是有挣到钱的人，他们回到家乡，把钱砸在别人可以看得到的屋舍上展示给世人。看看开平和台山的碉楼吧！这些修建得像碉堡一样的碉楼，宽阔，舒展，典雅。伸阳台、雕山花、铺釉砖，把古希腊、罗马等欧洲的建筑风格与岭南客家建筑风格充分融合起来。一座座散落在乡村田野的中西合璧的碉楼，是用华侨们的血汗构筑，是泪水，却亦是衣锦还乡者的骄傲。炫富，是中国人的根性。他们万里迢迢从南洋运回瓷砖、浴盆、花式吊灯，把一辈子的荣耀都用在"衣锦"上，着实让人看着眼热呢！

在一座一百多年前的碉楼的顶层，完好保留着金碧辉煌的佛龛，上供着大慈大悲灵感观世音菩萨，左手是善财龙女、家堂土地，右手是孔雀明王、福德正神。而让我惊讶的是，神牌之下，正对着观音菩萨的牌位赫然写着：河南堂上历代祖先神主。客家人多从河南迁至岭南，这根子要追溯到我的故乡。他们那时为讨生活从河南迁徙至此，后又到南洋打拼，历经几辈子的生死轮回，仍是不忘祖宗。几百年后，我们年轻的一代来到深圳讨生活，却原来是沿袭了先祖迁徙的脚步。

或许一切都是冥冥之中自有安排，是灶王爷执意要赏饭。

从承包建筑公司的餐厅开始，我一步一步走了过来。初始宛若走在结了薄冰的河面上，不知道哪一脚踏空我就全军覆没了，所以我的大胆让一圈人替我担忧。但是我舍得将自己豁出去。踏空了又能怎么样？大不了落个一无所有，我本来不就是一无所有吗？我母亲一直不喜欢我，她挂在嘴边的话就是，哪儿哪儿都随她爹，那个老死鬼！其实她怎么就不能掰扯清楚，我的倔强，还有我天不怕地不怕的决绝，是随了谁的性情呢？

我们这些草根创业者，最大的本钱就是没本钱，什么都不怕失去。我们不惧怕失败，失败了无非从头再来。

当有一天早晨我被闹钟吵醒，从床上爬起来，拉开窗帘，面对一座巨大的城，我发现被睡袍遮盖的双脚稳稳地站在崭新的打蜡实木地面上，宛若新生。是这座新兴的城市成就了我。她包容、接纳、充满机遇，她给了我这样的打拼者一个广阔的生长空间。那天我索性什么都不干了，就在楼上楼下好好地打量这座城市，想象着我和她的关系。晚上我关了灯躺在硕大舒适的床上，隔了窗去看外面灯火璀璨的城市。偶尔一两声隐约的汽笛的回响，是来自深圳河的声音，离那条叫作黄河的河有几千里远，一时之间真有恍若隔世之感。一切都是安稳的，踏实的，充满秩序的。包括我的三层的欧陆风格的大屋，纯天然的木质地板，从德国原装进口的大床，我身边睡着了的从美国留学归来的丈夫。我以为我已经彻底忘了自己是他乡之人，忘了自己的过去。就像身处的这座城市一样，忘了她的历史。

刚开始承包餐厅的时候，我的餐馆有几个拿手菜在附近名声传开了，我心里才逐渐有了谱儿。现在回头看来，当初做这个行当我真是胆大包天。我们家乡有句老话叫作"十里不贩青，笨头不当厨"，意思是只要路途超过十里远，你再贩卖青菜果蔬，生意就不好做了；如果脑袋瓜子不够灵光，账算不过来，你就不要开饭店。都知道饭店是"买出来的利儿，卖出来的利儿"，利润真的都是一勺子一勺子地算出来的。不过，我根本就没这个经验，也没这个观念，反正想着自己喜欢吃的东西，别人也一定会喜欢。所以我拿手的这几个菜，都是自己下手做。果然迎合了市场，先是附近的上班族，慢慢地别处的食客也慕名而来，特别是河南老乡，他们一传十、十传百，从很远的地方赶过来品尝我们的家乡菜。我针对不同的客人，餐厅既设有高档包间，也有大厅散座。几个、十几个白领阶层可以得到很雅致适的接待，三五个拖家带口的老乡亦可以在大厅随意地享受家乡菜。就是面对高端客人，我也主打河南地方特色，在上主食时提供河南小吃，小碗烩面、面炕鸡、茄子面片、胡辣汤、豆腐脑、炸油馍头。客人越来越多，最后把一些地方领导和周围的企业家们也吸引过来了。后来我索性将粤菜、豫菜和其他一些地方菜融合，做成东西南北交融的大杂烩，但是必须突出河南特色。后厨有豫菜师傅，也有川菜、湘菜师傅，桌餐也可以上地道的四川小火锅。名气越来越大，我不得不扩大餐馆，一年后开了分店。

在给饭店起名字的时候，经常来餐厅吃饭的一个书法家——他也是个颇有名气的"打工诗人"，十五岁时他因为父亲早逝而中断了学业，来深圳打工，工余时间坚持写作和书法学习，终于小有成就，在当地传为佳话——建议饭店的名字就叫"黄河间"。他说，不仅仅是"黄河远上白云间"，白云也当常在黄河间嘛！并随口吟了几句诗："白云当在黄河间，一世风云情满川……"后来他专门把写好的店名和这首诗裱好送过来，我就挂在总店的大堂里，仔细看看还颇有气势呢。

南方人有喝早茶的习惯，我早晨也营业，上早茶。但我的早茶茶点就是河南小吃。上班的上学的慢慢都归拢到我这儿吃早点，别小看小吃，本小利润大。老乡们吃饭时也开玩笑说，在郑州开胡辣汤馆的都开宝马车上班。其实这也不是玩笑话，事实也是如此。卖汤的都是卖水的，水当成汤卖，哪能不赚钱！可我丝毫不含糊，一定要把汤熬成真正的汤，肉汤汁头天晚上就熬上，十个小时之后，汁水浓浓的。木耳、黄花菜、豆腐皮，材料放得足足的。后来我发现有一些送孩子的家长索性让餐馆给打包一个午餐，于是我就安排增加了炒面和炒饭，加上一个卤蛋一根肉肠，直接做成盒饭。到我这儿买盒饭的越来越多，供不应求。我就此想出一个主意，专门分出去一个部门做盒饭。我先去考察市场，学校、工厂、医院，我不厌其烦地一趟一趟跑。精诚所至金石为开，我的努力和实诚终于打动了一些人，他们答应先试试看。当然，首先是我饭菜的质量，我把餐盒送到学校里和工地上让人们试吃的时候，我和员工跟他们一起吃。而且要求只要是签订了正式合同，每天送给他们的饭菜员工都要跟着他们一起吃，形成一个固定的制度。

一家家合同签下来后，我才发现盒饭这一块已经形成了一个远远大于门市的产业。我觉得这是一个很大的商机，在这个机会面前不能忘了老板。当我把自己的想法和这么多的合同告诉我承包餐厅的建筑公司老板的时候，他竟然惊住了，坐在办公桌后面直直地看着我，好似半天才缓过神来，说，丫头，我真是没看错人！他的话差点让我当场哭出来。如果不是他这样认可，我还真不知道自己这么久只问耕耘不问收获地埋头苦干，到底争取到了什么。

我过了二十岁竟然还长了个儿，皮肤也红润了。他们都说，主要是我吃得太好了。都说男人在于吃，女人在于睡。

其实我睡得极少，每天五六个小时的睡眠。但我餐馆的每一道菜、每一种口味的盒饭，我都要无数次地试吃。我的嘴就是尺度，一次次地丈量，直到百分之百达标，才能投入生产。

我每天六点钟起床，晚上十一点前基本上都在工作。我穿牛仔裤平底鞋，走起路来像一阵风，说话比机关枪都干脆利索，一梭子子弹下去，事情基本就摆平了。我习惯于看着一个超人般的自己，习惯于用自己的生命舞蹈。每天回到家，洗完澡都要对着镜子看着这个自信、饱满，不可战胜的自己，然后用手比画一个胜利的姿势。我对镜子里那个奋力的女孩子说，你才是最棒的！

因为，如你所知，我遇到了机遇，我不能辜负这个机遇。

如你所不知，时时刻刻，在这个机遇后面，还站着我父亲。他一只眼大、一只眼小地盯着我。

难道，我也有与生俱来做菜的天赋吗？我们姐弟几个后来都开饭店，估计跟我父亲有很大关系。对此，我母亲是不甘心的，至少表面上死不认账。要说几个孩子也都挣钱，但开饭店挣的钱让母亲非常不屑。虽然她未必听说过"君子远庖厨"的圣人之言，但靠吃都能活一辈子，靠吃都能养活一家人，这到底是个啥世道呢？这是母亲心里的疼痛。她羡慕我们的老邻居周四常，孩子个个有出息，不是县长就是局长，逢年过节家里跟赶集似的不断人，还都拎着大包小包前来进贡。我们家可好，不管谁回来都是浑身油渍麻花的，头发里常年都有一股子不散的哈喇子味儿。其实她说这话一点都不负责任，纯粹是凭空想象，做一个合格的厨师讲究个人卫生是必须的素养。我每天晚上再累，早晨再匆忙，都会把头发和身体清洁干净。我要求招录厨师和员工的先决条件是，一定要干净整洁，个人卫生绝对不能含糊。我后来听我二姨说，我父亲活着的时候，就是去帮人家熬个白菜汤，出门也要洗头洗脸把自己弄得体体面面的。厨师厨师，那可是老师辈儿的，到底还得有个师道尊严吧！而我妈一辈子最看不起我二姨夫的就是他天天吃肉，还是食品站的工人，弄得还是像个猥琐的穷人。

有时候我想呛我母亲几句，想想又忍住了。她抱怨的时候，从来不觉得自己住在深圳的高端小区，而且这些都是靠开饭店换来的。我，也就是她的亲生女儿，如今是多么耀眼！我时刻注意自己的仪容，穿戴精致，衣服、首饰、鞋子都考究得如我的菜品。我得提醒自己，我是深圳几家最大的餐饮集团公司的老板之一，是有身份有地位有话语权的人！

我真的天生就是该吃这碗饭，来深圳做餐饮业不几年，生意很快就做得风生水起，在周围的佛山、珠海、东莞都开了分店。

河南人笨，不如南方人会讨巧，但做生意实在，舍得下本，而且保证食材新鲜地道。宁可利润少一点，薄利多销，也绝对保证质量。我先后在深圳五个区域开了分店，餐厅生意兴隆。我的盒饭业务几乎包揽了半个城的学校、医院和工厂。

常到我餐馆吃饭的有一个在东莞开装修公司的李老板，他也是郑州人。隔不几天就开着豪华商务车拉一车人来吃饭，呼呼啦啦点一桌子菜，他也不怎么吃，只抽着烟看别人吃。如果有人喝酒，他也跟着喝几杯，就是不夹菜。等他喝足抽够了，别人也吃差不多了，他就喊服务员上主食和小吃。他一个人能喝一整盆胡辣汤，外加一盘底子煎得金黄的牛肉水煎包。胡辣汤是河南人的命根子。在河南，大部分人早起到汤馆来一碗胡辣汤、两根油条就心满意足了。特别是有人头天晚上喝多了酒，早上起床直奔汤馆，两碗放足了白胡椒粉和老土醋的汤热滚滚地喝下去，酣畅淋漓，宿醉完全消了。娘的，晚上还能再喝上半斤八两！李老板喜欢让胡椒粉放得多多的，拆骨肉也多放点儿，直喝得大汗淋漓，两眼放光。他说要的就是这个痛快，几天不喝骨头痒。李老板每一次来都提出要我在东莞开分店，开始我只是当玩笑听，后来他竟是认了真的。那次他专程过来，说已经把公司的门面腾出来了，他负责装修，我拿出方案给他就行了。我被感动了，我们两个立马商量设计方案。他拿着方案回去，不到一个月就做了一家让人十分满意的餐馆给我。东莞的生意比深圳还要红火，基本成了他的私人餐厅，一年再怎么着也吃百把几十万。后来餐厅扩大规模换地方，从设计到装修，都完全不需要我费心思。这个李老板，有着河南人的憨厚和豪爽，你不想和他做走心的朋友都不可能，太实在了。我每次去东莞店里察看经营情况，李老板只要知道我去，总是早早在我的店里设宴款待，当然他一定要买单。他的朋友看出端倪，背着我开玩笑，说："轩哥，你到底是吃饭还是想吃老板娘？"慢慢地工作人员好像也感觉到了什么，大家不说什么，觉得我们要真是走到一起，还真是不错的一对儿。

李老板叫李轩，郑州德化街老城区的人，父亲是铁路工人，母亲在自己家的门面做点小生意。前些年父亲病故，他把老母亲接过来，跟着他在这边打理家庭。他的夫人前年患乳腺癌去世了，留下一儿一女。大的是个女儿，九岁，上三年级了。小的是个儿子，也已经五岁，生得乖巧伶俐。依着李轩的条件，人不过三十几岁，长得虽然不算太俊，可与南方男人比起来，也算是高大健硕颇有男子汉气质了。他在南方打拼这么多年，家业虽然说不上太大，几千万资产是有的。依他的条件，说媒拉纤的，自己送上门的，自然是数不胜数。但他好像无意于此，他本不是个花心的男人。原配是他的发小，两个人一起创业，想当初也是胼手胝足筚路蓝缕滚爬过来的，所以她走后他一直没从伤痛中走出来。他对家乡饮食的刻意热爱，也很难说没有这一份感情掺杂在里头。一次他与我喝茶聊天谈及夫人，竟然几度哽咽。他说起他们的过去，穷，穷得哪儿都叮当响，没让她享一天福。后来生意好了，又总是忙碌不已，总是想着生意再做大一点，总是想着要过一辈子，时间还多着呢。却不承想她没这个福分，生病不到一年就去了。他说，看见一双儿女，就更觉得亏欠她。产业是我们俩创下的，我若是万一找个不明事理的再对孩子不好，我可怎么对得起她的在天之灵？

我没有谈过恋爱，甚至不曾深思过感情问题，但是对李轩的心思也还是敏感的，我知道我是他的拣选，抑或是他的追求。我发自肺腑地觉得这个人是个好人，也是个可以依靠的人，谁嫁给他都是一种福分。作为一个对再婚深怀疑虑的成熟男人，竟然看好我这么一个年轻姑娘，他的信任让我感动。再者说，相识后的一两年里，我在不知不觉间，对他亦是多有依赖的。餐厅扩大规模他投资入股，佛山、珠海开分店基本都是交由他联络谋划。有这么个踏实敦厚的男人呵护着，免除了许多后顾之忧，睡觉都踏实了不少。我少年丧父，上边没有兄长。二姨家的表哥虽然很疼我，但表哥是个懦弱的人，他疼爱我，但他没有疼我的能力和资本。李轩给我了亦兄亦父的感觉，他让我无原则地信服，他不露声色就能为我撑起一片天。打相识起我就称呼他轩哥，我们一起商谈业务时被好多人误认为亲兄妹。我自己也觉得很亲，和他甚至比我的亲姊妹都亲近。

我和轩哥深谈了一次我父亲母亲的故事。我父亲的失败，我母亲一生难以平复的怨愤，很多事情，其实我自己都没理清楚。一切旧时的故事，在我的叙述中渐渐显出眉目，但依然渺无头绪，更无法抵达真相。我深深地知道，我自己的成长，我的努力和不甘，并不是为了一个婚姻，为了走入一个安逸的家庭。但我也不能明白，我到底要什么，我只明白我不要什么。至少在眼前，我还没有做好进入婚姻的准备。

轩哥来年结了婚，娶了一个丈夫出车祸死去的信阳女人，她相貌俏丽，水润丰满。丈夫死后，她独自经营一家水果店。李轩的母亲经常去店里买水果，渐渐相熟，对她颇有好感。那女人善良却又刚强，带着一个十来岁的女儿，日子过得踏实安详。李轩母亲有时买的东西多，店主就会让女儿提了东西去送。那女孩子也十分懂事，口里一直奶奶奶奶喊个不停，又活泼又规矩。女人比李轩小五岁，李轩母亲悄悄问了生辰八字，两个人命相合，年龄也是相当。李轩母亲先是托老乡跟她打个过门，试探试探人家的心思。女人自然是见过李老板的，倒是不卑不亢、不急不躁，只给来人说了"看缘分"仨字。再见着李轩母亲依然是老样子，越发让人敬重。李轩孝顺，一切皆听从母亲安排，平平淡淡地接受了。

　　婚礼的前一天我收到请柬，他就在我们自己店里摆了两桌酒席，请的一些老乡也大多相熟，算是跟大家打了个招呼。我专门去一家熟识的玉器店买了一只羊脂玉镯，算是给新嫂子的贺礼。到底是心里多有不安，餐前喝茶时我跟他说："哥，结婚可不是赌气的事儿。"我的神情因为过于庄重，反而显得很可笑。但轩哥很是认真，他听了我的话愣了一下，忽然又开朗一笑道："你说什么呢丫头？谁告诉你我赌气，我又赌谁的气呢？我想通了，不管跟谁结婚，只要答应了，就一定好好过日子。其实过日子跟做生意是一个理儿，都是靠心诚。哥哥不会做亏心事的，你放心吧！"

　　果然，李轩后来的日子过得很和美，按他自己的话说，叫作日子过得结结实实。那个叫叶子的嫂子既善良又贤惠，孝敬老人，厚待子女。她不但包揽全部家庭琐事，还烧得一手好汤好菜，连我有时都忍不住去蹭饭。每次去她家，也算是我们的厨艺交流大会，轩哥会喊一帮老乡过去，让大家一饱口福。若不是怕轩哥不肯，我甚至想拿一家店给嫂子，让她由着自己的心意做。

二

　　创业小有成功，我觉得真是出乎意料。幸福怎么会来得那么突然，如果赚到足够的钱就可以称作幸福的话。那时深圳的房子还不贵，我买了一套花园洋房，三层，楼顶还带个大花园。那年妹妹离婚后，跑来深圳住几天想散散心。我母亲不肯随她一起来，机票订好母亲又让退了。我妹妹并不清楚其中的缘由到底是什么，我母亲自然不会告诉她为什么。看到我的房子，我的家具，我的日常生活什么的，她都忍不住大呼小叫。"姐，你不能只顾着一个人享乐，你得关心我。我在那边离婚了，一个单身女人，你得帮我换个环境。反正你是我姐，你不管我谁管我？"我说："你来可以啊，姐姐我巴不得呢！只是咱妈离不开你，你过来她怎么办？"

　　小妹说："那肯定把咱妈也搬过来啊。你房子这么大，空着多不好！房子大圈不住人气儿可不行，总不能你和姐夫一人住一层吧？再说了，我可是有会计师资格的人，你公司这么大也需要帮手，用自己人不比用别人强？"

我妹妹说话口无遮拦，她显然不清楚我当年是怎么离开家的，我母亲绝不会说。她是不会反省的，永远不会觉得欠了我什么。我少小离家，与这个小我十来岁的妹妹说实在的并没有多少姐妹情深，况且她那自幼被我母亲惯出来的劲头让人不快。完全没道理，见别人家好就要住进来，人家再好也是人家的。而且，她大包大揽，我母亲还不知道会摆出一副什么嘴脸呢。这些年我在外边闯拼，尽可能少与家人打交道，而我母亲呢？她又如何会愿意和我在一起生活。可仔细想想，她又愿意和谁在一起呢？我两个姐姐都不可能，她与她们的关系比跟我好不了多少。我弟弟结婚几年，她连儿媳妇的面都不肯见。我突然有一种莫名的快感，如果她想过衣食无忧的老年生活，除了我这里，任她选择，她又能到哪里去！

就让她来，住我的房子，享受我优裕的生活条件。她不来，单凭我妹妹说，谅她无论如何也想象不出我眼下的生活。如果她想象不出来，我过这么好不等于是锦衣夜行吗？至于我妹妹说的公司用人，房子大了空着不好，这统统都不是理由。如果她不愿意住我这里，我宁可给她们租房子。我那会儿突然有了一种无以名状的兴奋，这些年失败也好，成功也罢，都是我一个人在唱独角戏。我的舞台再大，戏演得再精彩，该来的观众一个都没来。那些普通的观众是无所谓的，我母亲和我的家人一定要看得见！我母亲一定要坐在最中间老太后的位置上，她得真真地欣赏欣赏这个她最不看好的女儿的演出。

　　我认真权衡了一番，与我老公商量，可否让我母亲和妹妹来深圳与我们同住？老公是个热情对待所有亲戚朋友的家伙，他哪会有不同意的可能。与其说是商量，不如说是想给老公打一下预防针："你要有所准备，我妈可不是个一般老丈母娘啊！"我说完定睛看着他，想让他明白跟我母亲共同生活的难处。我老公不说什么，只是轻松地笑笑。从那张单纯得一目了然的脸上，我知道一切对他都不能构成什么问题。

　　就这么简单，我妹妹辞了职，准备往深圳发展。开始我觉得我母亲的工作肯定做不通，所以妹妹走的时候我反复帮她出主意想办法。我妹妹说："姐，咱妈这事儿你就不要管了，我知道该怎么治她的病。"果然，从我这儿回郑州后，很快她们就来到了我这里。千里迢迢，背井离乡，我突然又有点儿可怜她，毕竟七十多岁的人了。我做好了她知道妹妹辞职后会大闹一场的准备。可我们俩都不曾想到，母亲这回竟然这样顺当。她们在我这里一住就是十多年，虽然嘴上抱怨各种不如意，却从来不提回郑州的事儿。

　　眨眼之间就过完了年，年后这一段时间是餐饮业的淡季。我把公司的工作给各个合作伙伴和妹妹——她现在在我公司做财务总监——安排妥当，就买了从深圳回郑州的票。

　　我走之前燕子和她的男朋友李子昂来家里看我，两个人是来商量婚事的。我看见这两个孩子打心眼里欢喜，他们这一代是含着金钥匙长大的，他们不能了解我们生活的沉重，我们自然也不能感受他们成长的明亮。我刚把燕子从郑州接来的时候她还念着初中，她带着泪痕从奶奶的怀抱里分离出来，好似一头被围猎的鹿，大眼睛里充满恐慌。现在的她呢，从容自在，笑容充满着青春的感染力。她披一头长发，白 T 恤配牛仔短裙，脚上是 LV 的休闲运动鞋，大大的商标张扬地卧在鞋面上。在这样的阳光女孩跟前，再怎么雍容华贵的女人也会心存嫉意。再看那李子昂，长得活脱是他爸爸的翻版，但是比他爸爸可潇洒多了，一米八多的细高条儿，浓密的头发帅帅地偏分着，一身浅灰色的休闲运动装，背一个大大的双肩包。看见他们，我家的天空顿时晴朗。

　　燕子是我表哥和前妻生的女儿，我这个前嫂子的故事三天三夜也说不完，后面我还要专门说到。李子昂是我义兄李轩的儿子。两边论两个孩子都喊我姑姑，这是我最得意的。

　　燕子给我母亲——她的姨奶奶买了一身咖色带暗红花朵

的香云纱宽松衣裤，看见我母亲，燕子命令她立马换上。我母亲只有看到燕子才会笑得像个老人。她穿上新衣裳，吊牌还没来得及拆，就满屋子寻找吃的喝的。她一辈子痛恨家里人馋嘴，可每回燕子来她都张罗着给她弄些她自己认为是稀罕的食物。最可笑的是我二姨去世的时候，我和燕子抱在一起流泪，我母亲却带点得意地说："燕子，你往后就我一个奶奶了！"

母亲忙活了一阵子才消停下来。燕子说："姨奶奶、姑姑，我和子昂决定了，我们今年五一结婚。我三姑姑要回郑州，正好当面和我爸说一说。我们不想回去举办婚礼了，在深圳宴请一下亲朋好友，然后就去旅行度蜜月。"

"去泰国还是意大利？"我妹妹抢着问她。

燕子嫣然一笑说："我们俩决定了，回河南。"

"回河南？"母亲和妹妹几乎是异口同声地惊异道。

"对啊，回河南。"燕子微笑地看着她俩，"河南多好啊，去看看黄河，看看龙门石窟，看看嵩山少林寺，看看清明上河园……姨奶奶，要不您也跟着回去吧，您不是十几年没回去了吗？"

我妈猛地打了个激灵，脸色一下就凝重下来了。她像被毒虫蜇着似的说："我？我才不回去哩！"

我看得哈哈大笑，直笑得有种想流泪的感觉。我明白俩孩子的苦心，他们是怕举行婚礼燕子的爸爸妈妈聚在一起不自在，特别是爸爸，他总是把什么事情都闷在心里。燕子最困惑的就是，爸爸会不会还恨着妈妈？我二姨不骂人家，我母亲可没少白话人家的不是。但她害怕回河南，她心里是怎么想的我们俩都门儿清，只是面儿上从来都不说出来罢了。

我妈对燕子说："你可得好好孝敬你爸，你妈离婚丢下你的时候你比个狗娃子还小。你爸虽然个性懦弱一点儿，可他爱孩子，他心里该有多疼你呢！"

燕子笑着搂住老太婆说："奶奶，都几百年前的事儿了，我爸我妈那叫没缘分，也不能怪他们哪一个。"

"咦？你看你说的……"

看我母亲又想上劲，我赶紧说："燕子，你在河南长到十多岁，可从未好好认真看过河南，更不要说子昂了，他压根就是深圳生深圳长的。人长大了，不管走多远，都得回老家去寻寻根。"

燕子掏出给大姑买的一条厚厚的羊毛披肩，给她爸爸买的一件休闲外套和一双阿迪达斯跑鞋。她说："三姑你帮我带给我大姑姑他们！"这么多年她一直称呼我大姐、她的继母为大姑姑。我们这个家也真够乱的。

在高铁快进入河南境内的时候，我不禁想起当初妹妹给我讲起让母亲来深圳的情景。我妹妹刚一说出口，母亲就像被烫了一下，差点跳起来。她说，那地方又热又潮，人还不卫生，老鼠长虫都吃，太恶心了！

妹妹说："家里有空调，热了你不用出门。况且也没人逼咱吃老鼠长虫不是？你想吃啥咱们自己弄。"

"反正我是不去！"母亲说。

我妹妹哈哈地笑了，她认真地说："你还以为我是真让你去啊？我是怕你拦着我不让我走。郑州这么好，你就自己留在这儿好了。我自己受罪去，反正我的调动手续已经办好了！"

我妹是幺妹，除了她和我弟弟敢跟母亲当面顶嘴，我们几个都不敢。而且，妹妹从出生就跟着母亲睡，一直睡到她结婚。妹妹结婚她仍然是跟着她生活。女儿结婚又离婚，她始终伴着她。这个小女儿是她的半条命，说不清楚她们谁更依赖谁。

母亲看着她，长长地叹了口气，犹豫了半天才说道："你把深圳说得恁好，我老婆子倒是要去看个究竟。可我去几天就回来，要我跟着你姐住，可是不成。现在的你姐，可不是小时候的她。她要是发起脾气来，还不把我们俩给吃了？"

妹妹吃惊地问她："你乱说！我姐还会发脾气？您这是

听谁说的?"

"不用听谁说!"母亲说。

妹妹说:"妈,别老是挑剔我姐了。你有我姐这样的闺女,真是你的福气。看看你吃的用的,还有花的,哪一样不是我姐操心?有谁对你这么好?"

"她有你对我一成好,也算我没白养活她那么大!"母亲恨恨地说。

唉,她生了我是真的,要说养,她说得出来,我还真听不进去。

妹妹打电话笑着跟我讲起这个,我也在电话里把它当成笑话来听。我嘴上笑着,心里却泛起无限的酸楚。

我那些年是怎么过来的?

我来深圳后做什么工作,我住什么房子,我结婚嫁了一个什么样的男人,有谁关心过?特别是我母亲。我总是设想,哪怕哪一天家中接到我死在外面的消息,她也肯定会一如既往地活。我在她心中的分量,并不比我父亲更重一点。

不过,我母亲能主动跟我妹妹说起我的脾气,我真有点吃惊。不是她以死相威胁、反复叮嘱我那件事情在任何时候、给任何人都不要说出去的吗?事情已经过去很久了,不管是我还是我母亲,都应该守口如瓶才是。所以这一辈子,这事儿绝对不会从我嘴里说出去。即使她说了,我也绝不会承认曾经发生过那么一回事儿。

我故作轻松地说："我的脾气怎么了？别说我没脾气，即使有脾气，也绝对不敢在她面前发啊！"

"那是。谁都会，就你不会！"妹妹说。

说到最后，妹妹的声音却有点哽咽了。妹妹说："三姐，我知道你的委屈。咱们姐弟几个，你对咱妈最好，对咱们家贡献也最大。"

我说："胡说什么呢？哪里有什么委屈！而且早就过去了。"

很多东西，的确已经过去了，甚至从来就没人记得，比如我受到的冷落和伤害，比如成长中的那些沟沟坎坎。

也许一切都没过去，但我们谁都不愿意去触碰，那太危险了。

比如我父亲的死。

正月初十那天，我正在郑州丹尼斯超市买东西——去大姐家得给小孩们买点吃的，走到收款台拿出手机刷钱的时候，我看到有妹妹的几个未接电话，还有她给我发的微信，说母亲突然晕倒送医院了，是被急救车接走的。我顷刻之间急出一头汗，超市里太闹腾，我顾不得结账，放下东西就匆忙往外走。我想到春节前刚刚给她体检过，除了胆固醇有点高，其他各项指标都正常。医生还开玩笑，说再活二十年都没问题，怎么会出这种状况呢？她的身体按说不应该有大问题呀！除了这个，我还吃惊自己会如此的紧张，心里还默念了几声菩萨保佑。

走到超市外面给妹妹打了电话。在电话里，妹妹的声音显得很轻松，依然像往日那样没心没肺的口气。她说，姐，你不用急着回来了。医生已经全面检查过了，没大问题，说是一过性的黑蒙，主要是脑部供血不足引起的。

我松了一口气，说："你快吓死我了，也不再发信息说一下。不过这距她上次犯病快二十年了，那次是二〇〇〇年的农历七月二十六。"

"咦？"妹妹吃惊地说道，"我真服了你了姐，对妈最孝顺的真是你，连她生病的日子你都记那么清楚！"

之所以记得这个日子，是因为孝顺吗？也许是，也许不是。说是，事到临头我还是这么恐惧，怕她有个闪失；说不是，毕竟那是我自己的日子。

我打了一个哆嗦，被自己的心思吓了一跳。

因为，这个日子我死都记得，它与我母亲当时犯病只是时间重合而已。但我发誓，我们家没人记得，包括我母亲也不会记得。

每年的这个日子，我都是当成自己的生日来过。

三

　　我跑了一个多小时也没找到殡仪馆。新开的道路横七竖八，连导航都常常弄错。周围布满了盖好的和正在盖的高楼大厦。世界在破坏中得以重建，但的确福祸相依，看是对活着的还是死去的人而言。死者为大，宜静不宜动。

　　每个城市都有自己的生长逻辑，但也习惯于模式克隆。有时候从郑东新区走过，我觉得自己好像并没有离开深圳，从建筑到周围的绿化，看不出来有什么差别。

　　绕了半天找不到方向，我只好停车向路边的一个老人问路。老人去掉头上的草帽，一张黢黑苍老的脸，我竟然认出他是过去我们村里的一个人，但是叫什么名字已经记不得了。我下了车，向他问好。他狐疑地看了我半天。我说出我父亲的名字。他看着我，擦了好几下眼睛，好像要哭的样子。估计他是沙眼，当地人叫风流眼，遇风流泪。他说他不愿意搬离这个村子，但是房子都拆完了，他就在工地上给人家帮忙，干点力所能及的零活。他虽然没我母亲年龄大，但也很老了，应该像我母亲一样，住在某个孩子家里享清福。

他朝右前方的一个地方指了指说，咱们村里死了的都在那儿挺着。"挺着"就是躺着的意思。我的父亲也在那个几乎看不到的地方挺着吗？我仔细看才看到一片灰砖建筑，它被灰头土脸地夹在几条道路中间，只是因为有一个在顶端抹了白漆的烟囱，才能让人勉强认出它来。这个建了不到十年的建筑，又面临着拆迁，它将成为饥不择食的城市胃口里的一粒齑粉。

我们那儿过去是郑州郊区比较偏远的村庄，不过村子靠近黄河，与我们紧邻的圃田，曾经出过一个叫列子的名人。这里在公元前400多年之前就被称作郑国，但郑国早已面目皆非了。不消说黄河水频繁泛滥，造了被毁，毁了再造，就是改革开放后，我们原来居住的村庄也早已经被那只巨大的城市之胃吞没了，舔得干干净净，没有留下任何痕迹。不过圃田竟然还有遗存，列子当年隐居修炼的那座屋子还在，据说已经申报了国家非物质文化遗产。列子在当地的传说颇多，除了是什么思想家、哲学家、文学家、教育家，还是养生专家，非常会吃。连庄子都夸他会轻功，能"御风而行"。这个传说跟当地人的会吃不知道有没有关系，据说国宴师傅很多都是来自这个地方。

如今，高速公路从此穿行而过，那些在这片土地上稼穑、恋爱、争吵和繁衍的人不知所终。现在这里已经规划成一个市内森林公园，城区还在不断地扩充。他们模仿别的城市，将一些不知从哪里弄的古树移植过来，在这里生长得从容和傲慢，好像它们几百年前就住在这里似的。倒是我这个土生土长的当地人，举目萧然，无所依凭。

跟老人告别的时候，他问："你妈还在不？"

我说："还在。身体还好着呢！"

"嗯。"他把草帽戴上，低头摆弄着手里的扫帚，"你姐可是发大财了。你哥也发大财了。你们姐弟几个都发财了。唉，"他目光犹疑了一下又说，"那又能咋样呢？你爸死了恁多年了。你妈倒是享福了。你爸死的时候，还是我们几个人跑了几十里从河下沿抬回来的。"

估计他并没闹清楚我是我父母的哪个孩子。

"我爸的尸体那时候是怎么发现的呢？"我脊背一阵发凉，起了一身鸡皮疙瘩。这是我长这么大，第一次听人说起他曾经那么近距离地接触过我父亲的死，我想抓住仅有的一点机会，跟他聊几句我爸。可他不再搭理我，只顾低头扫他的地去了，顷刻间我们之间沙尘横飞。

在城市的驱赶下，父亲的骨灰也搬迁了好几次。现在没地方去，只好暂时寄存在殡仪馆的骨灰堂里，跟无数素不相识的人挤挤挨挨相依为命。这已经是他的第三个栖息之地了。父亲命苦，生前没有过几天安生日子，死后也颠沛流离，不得安宁。更可悲的是，写着他名字的骨灰盒里，装的也许根本就不是他的骨灰，甚至也不是某一个人的骨灰，而是很多人的骨灰集合起来的。这事儿细想起来真的很恐怖，幸亏我父亲性格好，没有什么仇人——在第二次搬家的时候，运骨灰的卡车在道路上发生了侧翻，所有的骨灰都撒了出来。当时殡仪馆严密封锁消息，很多年后我们才从别人口中得知。但大家都像我们一样，把它视为无稽之谈，更没人去殡仪馆闹事，都宁愿相信自己亲人的骨灰没有问题。

何止如此呢？父亲的死，到现在还是一个未解之谜。不过也说不定，也许根本没有什么谜。但是，在他死的前几天到底发生了什么，没有人告诉我们，母亲更是守口如瓶。虽然当时甚至其后很长时间，村里还有人在背后指指点点，说是我母亲逼死了父亲。但毕竟只是胡乱猜测，拿不到台面上。况且他堂堂七尺男儿，怎么可能会被一个比他矮一头的女人逼死？也太说不过去了。我只记得之前几天，母亲曾经跟父亲在食品站闹过一场，但那绝不至于让父亲走到绝路上去。况且食品站那个事情过去之后，母亲回家并没有再跟父亲继续闹腾，甚至提都没再提这件事。他们一直就是那样，母亲一脸羞怒，父亲不置可否，熟视无睹。生活没有任何反常。

我父母一共生了我们姐弟五个，前面我们三个姊妹像下饺子似的来到人世间。从我记事起，我就知道我们家是母亲当家，满屋满院都是母亲。父亲像是一个影子，悄没声地回来，悄没声地走。母亲每天忙忙碌碌，忙完地里忙家里。可是父亲像个没事人一样，不是谁家有个红白喜事去帮人家做菜，吃一顿饱饭心满意足地回来，就是跟着一群人去打兔子钓鱼，好像他是这个家里的过客。

等添了我弟弟和最小的妹妹，家里日子更不好过了，经常是吃了上顿找下顿。父亲虽然不干什么活儿，但饭量很大，估计很多时候都吃不饱。有时候他站起来去盛第二碗饭，母亲就会看着自己的饭碗，恶狠狠地小声骂道："饿死鬼托生的！就剩一张嘴了，活着就知道吃！"母亲生气时的脸很黑，骂人的时候更黑，又穿一身黑蓝色衣服，像一团沾满墨汁的废纸堆在那里。母亲生得不难看，可跟好看也完全不搭界，从我认得她的那一天起，她就没有年轻过，个子矮小，干巴精瘦的一个乡村倔犟娘们儿。我父亲倒是面皮白净，身材修长，像一个书生。也许是父亲死时正是盛年，留在我记忆里的全是父亲的儒雅和温良。我母亲厌烦我们姐弟的长相随了我们父亲，可我们毕竟生得很好看，若非是在同一个村子里生长，任谁都不能想象一个干巴黑瘦的小个子女人能生出一群鹅娃子一样的儿女。日子总是窘困不堪，留在记忆里的全是母亲和父亲为吃饭的事情而纠结。有时候母亲骂完，把碗咣当一声搁在桌子上，两只手扳着自己的一只腿，斜欠着身子坐在那里生气。她不光生父亲的气，也生自己的气，生一堆儿女的气。我母亲这一辈子，大部分时间似乎都在生气。她觉得这个世界上的一切，都跟她的想法格格不入。

我虽然小，也明白母亲骂的这句话是什么意思。每当她这样骂父亲的时候，我们吃完各自碗里的东西，也不敢再去盛饭了。这倒成了一件体面事，母亲老是拿这事在外面夸自家的孩子懂事，说，我们家要是饭做少了，根本吃不完，孩子们那个懂事啊，你让我，我让你，谁都不肯吃；做多了，反而不够吃，孩子们都抢着吃。

确实有饭菜即使做得多也吃不完的时候。我母亲常常为了省事做一锅玉米面胡萝卜粥，她做饭的标准就是做熟就行。因为太难吃了，所有人吃半碗都推诿着不肯再去盛饭。母亲可惜东西，就骂我们："小姐身子丫鬟命，顿顿想吃鸡鱼蛋肉，可惜托生错了。谁都得吃，我就不信能噎死你们！"每当这个时候，父亲也不说话，起身往灶屋里去。我们也看不见他做了什么，只是饭锅里突然升起一种特殊的香味。后来我们才发现，父亲只是往饭菜里加了一点过年时留下的猪油，一点葱花和盐。他有时还会寻出一点碎粉条和干菜叶，扔进锅里小火滚一会儿。我们闻着味儿，狼一样地拥到锅台边，顷刻之间一扫而光。母亲反而不吃了，她最不高兴的就是男人围住锅台转："吃吃吃，吃饭也能吃出个花来？一个大男人家，心思都长歪了，该用的地方没用，不该用的地方都成精了！"

在家里，母亲倒是很少当着我们的面数落父亲，有时候他们吵架也是回到自己屋子里，关着门吵。有天中午，除了咸菜和一点玉米面，母亲实在找不到更多做饭的东西。而父亲却从人家的喜宴上吃得油汪汪地回来。母亲气得把水瓢都摔碎了，当着我们的面口不择言地数落起父亲来，说："只有地痞流氓二流子才光顾着自己那张嘴，一人吃饱全家都不饿了吗？"

我父亲有时也会带一些抹桌子菜和几个馒头回来。我们这里的习俗，大户人家办过红白喜事，把所有席上吃剩的菜，荤的素的统一混到一个桶里，称为抹桌子菜。待客人散了，街坊邻居各家送一碗。像我父亲这样帮忙做饭的人给的会多点儿，外带几个馒头。据说所谓的杂烩菜，最早的起源就是这样来的。分到抹桌子菜的人家，讲究点儿的会放进锅里，再烩些饼子粉条干菜啥的，比席面上还要香气诱人。父亲拿回来的菜，如果不被我母亲看到也就罢了，她只当眼不见为净，我们几个狼吞虎咽地豪吃一顿；若是被我母亲迎面碰到，她就一把夺过来扔在地上，愤愤地骂道："连要饭的都不会吃人家的剩嘴头子！"

父亲也不辩解，闷声不响地回到屋子里，坐在凳子上抽耳朵上夹回来的那支烟，他不会抽烟，但这是他一天的劳动所得，所以也舍不得扔。他总被那明明灭灭的火和一团雾气弄得挤眉弄眼，索性看着它在自己的指头间燃烧，要么面无表情地看着地上，很像在煞有介事地思考人生重大问题。

被母亲扔在地上的食物，只要她一转身，就会被我们狼一样地抢光。这更让母亲恼羞成怒，她过去用脚踩，把馒头踢飞，然后逮着谁，迎头就是一巴掌。大的哭小的跳，场面甚是壮观，很像武打片里的一场群殴戏。

由此，我母亲更加仇视我父亲，吃给全家造成了混乱，而所有的混乱不堪都是他带给这个家的。母亲需要稳定，需要长卑有序的尊严和面子，需要家有个家的样子。而父亲就是破坏秩序的始作俑者。

上学之后才听村里的老辈人说，我爷爷和我姥爷是世交。爷爷是个远近闻名的老中医，写一手好字，开的药方都被人当字帖用。姥爷家境富裕，是三村五里闻名遐迩的乡绅，也写得一手好书法。两个人到一起，就是写字、下棋、喝酒。据说我爷爷最佩服的人就是我姥爷，说他人仗义，事儿做得公道。要是没有我姥爷主持公道，村子早就乱得没有章法了。

　　母亲从未说起过他们，父亲也没说过。只是有一次我大姐争强要求入团，学校老师说了句难听话：回家问清楚你们家的社会关系再说！我大姐哭着从学校回来问我母亲："为什么偏偏是我们，有这么一个姥爷，让我们什么事儿都干不成？"这是我家的忌讳，似乎从没人提及这个话题。我大姐是仰仗着在我母亲跟前得脸，恃宠而骄。我们一家子人都被她吓住了，那一会儿安静得掉地上一根针都能听见。我预感会有一场山呼海啸，母亲会不会恼羞成怒？我甚至期待，这顿暴打终于不是落在我身上了。谁知道，我正在纳鞋底子的母亲突然抬起头来，竟然显出一脸的自豪。她稳稳地瞧着我大姐说："你姥爷，一辈子可真没白活！"后来听我二姨说，枪毙我姥爷的时候，正在上中学的母亲就穿着上白下蓝的学生装，站在距她爹很近的地方。枪响之后，血沫子顺着风扑了我母亲满脸满身，她眼睛都没眨一下。

　　"你爷爷也没白活！他跟你们姥爷一样都是体面人。"过了一会儿，她又补充道，"你姥爷拄着拐棍儿往村里一站，那没有不听他说话的。再大的事儿，他只要站那儿三说两说，什么事儿都摆平了。"

　　父亲出走的那天夜里，天气非常恶劣，外面电闪雷鸣，风雨交加。我们早早就上了床。半夜里我们突然被他们房间发生的激烈争吵弄醒了，当然主要是我母亲在嘶吼，然后就听见有什么东西被打碎和我弟弟惊恐的哭声。我们姊妹四个的房间与父母隔一间堂屋，他们住东屋，我们住西屋，弟弟跟着他们睡。

大约半个小时后，他们房间里安静了下来。除了外面的风声雨声，夜晚屋子里静得吓人，仿佛能听见我们几个的心跳。不过没有一个人说话，也没有一个人起来看看。刚开始的时候，被惊醒的小妹吓得想哭，大姐在她脸上狠狠拧了一把，她缩进被窝里再也没敢出声。鸡叫头遍的时候风雨停止了，我大姐那边传来细微的鼾声，大家逐个睡了过去。

第二天早上我们才发现父亲不在了。第三天，第四天，天气转晴了，万里无云，世事一派祥和，但我们再也没见到父亲。他在与不在，都不会影响家庭的正常生活。

母亲依然忙里忙外，操持着一家人的吃喝。我们没有一个人问起过他，好像家里压根儿就没有这个人似的。

第五天早上，我们还在梦里，就被母亲一个一个从被窝里拽起来。她让我们立马穿上衣服，往我们每人头上和腰里勒上一条白布，冲着我们喊："都出去哭去吧，你爹死了！"

二姐听了，坐在床上哭了起来。母亲一把把她拽起来吼道："哭什么？要哭去后面好好哭！"

她的声音听起来，有好大的怒气，却没有一点儿伤心。

那时我刚从二姨家回到这个家不久，心里根本不知道害怕。我们跟着母亲，来到屋后的院子里，看到院子中间的席子上躺着一个巨大的尸体，被水泡得像一头牛，浑身散发着说不出来的腐败气味儿，头肿胀得像一个粪筐那么大。这怎么会是我们清秀俊朗的父亲呢？我们都犹犹豫豫地站在那里。母亲不由分说便把我们一个一个按跪下，然后就号啕起来。我们扭头看着母亲，她听不见我们的动静，移开捂在脸上的手巾，拿眼睛狠狠地剜我们。我们只好也学她的样子，跟着半信半疑地号哭起来。但我哭了一会儿，觉得泪水真的出来了。

二姐只是默默地流泪。

在我们村子里，我们这个姓氏是一门很小的人家，没人出头管事儿，再加之父亲又是横死，所以也没举办什么葬礼。我们哭了一场，就把父亲草草送到火葬场了。

事后偶尔听到母亲跟村上的人诉说，"黄河水那么凶险，哪一年不淹死一堆人？"在母亲的话语里，父亲是趁下大雨到黄河里捞鱼，被大水卷走了。再后来，母亲说起这事儿的时候，总是会在后面加上几句："摔死的都是会骑马的，淹死的都是会洑水的。许是饿死鬼托生的，怎么那么贪吃呢？"

此次之后再说起父亲，她都喊他"饿死鬼"。

我那时候懵懵懂懂的，听了母亲这话，真是觉得父亲是

自己找死。他是太贪吃了，下那么大的雨去打什么鱼呢？除
了二姐，本来我们几个跟父亲也没多少感情，他死了也就死
了，过去了也就过去了。我们甚至还有点庆幸，家里的空气
应该不会再那么紧张了吧？

几十年后，母亲给父亲选择了黄河边的邙山墓地。母亲
说，你爸活着的时候喜欢去北边的黄河打鱼，就葬在那里。
我也觉得那个地方不错，人家的广告语就是"生在苏杭，葬
在北邙"。虽然那个北邙说的是洛阳，但是邙山东西狭长，
郑州北郊黄河边的邙山的确也属于北邙。

我找了好几个老同学，他们还都在管事儿的位置上，但
是价格怎么也压不下来，一块儿墓地五十万已经是最少的了。
对于快速发展的城市来说，墓地本来就是稀缺资源，而邙山
墓地更是寸土寸金。完全可以把孔圣人那句话改成"不知
死，焉知生"了。

母亲想把父亲安置在这里，不知道考虑了多长时间，肯
定不是突发奇想，但也不会谋划很久，她是个心里存不住事
儿的人——只有父亲死亡的事情除外，那是她的黑匣子。也
许父亲根本就没什么事儿，是我们多想了。

那到底是什么事情促使母亲做出给父亲买墓地这个决定
的呢？她是突然想到还是悟到了生命中的某个东西？

我母亲看上去很累，仿佛是一夜之间苍老了。

那天我给母亲打电话，问她给大姐二姐和弟弟说了没有。我说虽然我的房子可以卖二百来万，但一下子也出不了手。这几年生意上连续投资，手上也没闲钱啊。母亲不耐烦地打断我说："打了！都打了！"

其实，开始我就知道让我们姐弟几个每人都拿钱的想法几乎是不可能实现的。我母亲就是想要我主动说出来，所有的费用由我一个人出。这话我早憋在喉咙口了，不吐出来，是不想让她觉得太随便。谁的钱也不是大风刮来的，况且各自是一家人，我可以在姊妹困难时帮他们一把，但每次把责任都推给我，显然令我不快。要是我遇着困难，他们帮不帮我，就难说了。

但是出乎意料的是，现在母亲的态度突然转变了，立场似乎也很鲜明。她斩钉截铁地给我说："我也想通了，这不是谁拿不拿的事儿，不是谁钱多谁钱少的事儿，而是你们几个，都得对你爸尽尽孝心！"

"你爸好歹也是一辈子，你们现在吃香的喝辣的，都这么好，做儿女不尽一点孝，良心上过得去吗？"

我的天！这是我母亲吗？是从她口里说出来的话吗？一辈子否定自己丈夫，否定得完全彻底，几乎可以说是一无是处。她这是怎么了？这话从她口中一说出来，我在电话这头差点笑出声来。可想想又有点沉重起来，无论如何，不管她是怎样想的，现在她能对我父亲说这样的话，做这样的事儿，至少对我们这些孩子的感情算是一点弥补、一点安慰吧——那感情的缺口虽然随着岁月的流逝曾经模糊过，但只要认真打量，它依然在那里，从来没有消失过。

四

　　泥鳅给许多家餐馆供菜，也给我的餐馆供菜，算是我的供货商。泥鳅是河南信阳人，那一年被中央电视台评选为"感动中国十大新闻人物"，他的故事真有的说。当年在电视上，黑黑瘦瘦的泥鳅理了个精短时尚的发型，西装革履，还真像那么回事儿。当他彬彬有礼地站在电视直播现场冲我们挥手，大家忍不住使劲鼓起掌来，仿佛他在电视那边能听到似的。我们全体河南老乡真心为他骄傲。

　　泥鳅的好运是从捡到钱开始的。

　　泥鳅刚来深圳时当过搬运工，在家具市场给人送货，遇到搬家公司或雇主请零工他也去做。他稳当，也不惜力气，手脚勤快，分内分外的活计从不讲价钱，顺手捎带着就给干了。常常他帮人搬完家，连卫生也一并给做了。工钱结清，老板指着一袋子乱七八糟的东西让他拿走卖废品。卖废品成了泥鳅额外的一项收入,许多雇主都会这样把清理出来的废弃物送给他。泥鳅回到他的出租屋,先是分门别类地把乱七八糟的东西归置好。有的雇主给的是些值钱的东西,书、半旧的衣服鞋子,甚至旧电视机破风扇都是有的。泥鳅的出租屋里的家什都是人家丢弃的,沙发、床垫、桌子柜子,还有上面放着的瓶瓶罐罐。他手巧,那些旧东西被他稍加收拾,修修补补之后,都弄得蛮像回事。但也有些素质差的雇主,塑料袋里塞的全是垃圾,脏袜子破内裤、死鱼烂肉都当礼物打发他。他也不生气,找个地儿清理一下,有价值的拿走,没价值的就送垃圾箱。

那天,雇主给他满满两编织袋旧物,打开看都是好东西,书籍纸张、衣服鞋子、雨伞笔筒、过期的茶叶和食品药品。为了感谢他额外搞卫生,还给了他两瓶玻璃瓶的古井贡酒。这可是安徽那边的名酒,他可从来没想到会买来喝。泥鳅和老乡聚会时也能喝个四两半斤的,那都是十来块钱一瓶的酒。他克制力强,一个人从不乱喝酒。他把东西归置好,都躺床上了,却发现手边的旧皮包的夹层里有硬硬的东西,打开一看是一沓子百元钞票,另有几张纸上写了些账目,附带有进货出货的单据。时间都是一年前的了,包有些变形,但还能用。泥鳅把它擦干净放在床头是想着自己哪天回老家时用一下,在村里充一回老板。估计包主人是长期不用,便将钱遗忘在里面了。劳累了一天，正昏昏欲睡的泥鳅看见钱，一下子抖了个大激灵。他连忙坐起来数了，却连数三遍都没能数得准，一万多元，他手上还没摸过这么多钱。

数了钱，泥鳅又愣怔了一会儿，起来洗了把脸清醒清醒，决定当晚就去雇主家里，把包和钱还回去。他睡得早，出门看看还满大街人，熙熙攘攘地东奔西走。他就站在街边，打了一辆出租车直奔老板家里。待敲了门，老板出来看见他，愣了一下说，有事儿？他激动得哆哆嗦嗦把包递给人家，说老板，您忘了，包里还有一万多……老板"哦"了一声，也没多说，接下包，说家里有客人说话，只留了他的联系方式。

隔了四五天，他正在家具城搬东西，有人过来喊他，说我们老板要见你。他手都没洗，就跟着那人去见他们老板。车子走了半天到了一个工厂，进了一间办公室才闹清楚了，找他的老板正是那天他送包的人。见了面，老板先是拉着他的手一番道歉，原来他把泥鳅留的联系方式弄丢了，这几天到处打听，几经周折才找到他。老板问了问他的情况。泥鳅就直说自己是河南信阳人，文化程度不高，出来打工几年，也都是做一些体力活。老板说他是安徽人，两个人论了论，虽然是两个省，相距却只有几十里路。老板开门见山地说："我也是打工过来的，后来开了这家工厂。原来工厂食堂的采买是我妹夫，因为克扣伙食费、偷工减料，被我开回老家去了。你要是愿意，就在厂里给我管食堂吧！"

"工人吃好吃歹对生产可是个大事。"见他愣着，老板又严肃地补充说。

泥鳅在那家工厂做了一年多管伙的，还亲自兼任采买，把个食堂管理得井井有条，饭菜质量提升了，开支反而节省了不少。老板把他每个月的工资开得高高的，活儿比他以前做保洁当搬运工不知道轻省到哪里去了。可就是这期间，泥鳅在深圳找了个媳妇，也是老家出来打工的。媳妇转眼之间肚子大起来。泥鳅再也不是一人吃饱全家不饥的单身汉了，他要养家，孩子出生后开支费用会更大。泥鳅想，总给人打工也不是个事儿，况且也不能总租房子住。看看一起出来的，大小都是个老板，哪怕只有仨俩工人，他们也要印个名片，印上某资源再利用公司某老总。自己再不折腾着往前奔，逢年过节就没法往人面前站。前前后后，泥鳅手里攒了十来万块钱，他夜里开始睡不安稳了。

年跟前，泥鳅去找老板谈，媳妇给他准备了一袋子信阳老家人做的腊肉腊肠，也都是老板爱吃的家乡的风味。他到老板家里也不见外，自打跟了老板，他时不时地就会来家里找点活干。那天他帮助嫂子做了半天大扫除，傍晚老板下班回来，嫂子留住他弄了几个菜，开了一瓶古井原浆。刚端起酒杯他就直奔主题。他说："刘总，我可不是嫌你给我开的工资少，您对我的恩德都在我心里，我这一辈子都会对您唯命是从。但我不能老是这样，我也想多挣点钱……"

还没等他说完，刘总连喝了两杯酒，嘿嘿笑了，他也是个实在人："泥鳅啊，看你说的！谁不想挣更多的钱？说说你的想法吧。"

他也嘿嘿地憨笑着，扭捏着说："我在您这儿干了一年多，卖菜卖肉的都混熟透了，这里面的巧儿，路上的利润，我也知道个八九不离十。您这厂子里的采买我还继续干着，我想再联系一些饭店和工厂，自己开个小采办公司，提供送货上门服务。"

刘总还没开口，刘总的夫人乐呵呵地抢着说："可以啊泥鳅，我看你早该这么干了！你只要先把咱们厂里的食堂做好，做别的事儿，缺钱缺啥的，我们支持！"

泥鳅拿眼去看刘总。刘总从手提包里拿出一个大红包递过来，说："食堂今年节省了不少开支，工人们都吃得很满意。这是过年奖给你的，也是你应该得的。"

泥鳅的脸一时涨得通红，他推开刘总的手说："算了刘总，俺不做别的了，还继续跟着你干！俺结婚爹娘和兄弟姐妹都没到，您和嫂子给我们办了一桌酒席，是把我当成亲兄弟了，这恩情够我们还一辈子了！每个月都准时给开那么高的工资，这钱再拿，还不如个畜生！"

刘总夫人在一旁接过红包，不由分说塞到泥鳅口袋里："泥鳅，你哥让你管食堂，这庙确实太小了，私下里我们一直说，你是当老板的好材料。一码归一码，你们兄弟是兄弟，生意是生意。只是你事情做大了，别忘了哥嫂，也别忘了来咱家帮忙干活儿。这是给弟妹买衣裳的钱，不许你推让。等孩子生下来，还是我来办席面！"

翻过年，泥鳅就开始跑工厂、跑饭店，他总是提前一周把人家的食谱弄回来，仔细分解每种菜品和米面油料的需求量，算得清清楚楚，提前和供应方搞好衔接。等人家给他报单子的时候，基本上和他算的差不多。因为他已经提前下手，整个费用有较大幅度的下降，再加上他能保质保量保新鲜，所以局面很快就打开了。俗话说，饭店就是买出来的利，卖出来的利。常常最让老板头疼的就是采买，价格虚高被偷走一份利润还是小事儿，食材不能保证质量，造成食物中毒也是时常发生的。有了泥鳅这个保障，老板们一下子省心了不少，他的信誉在圈子里很快就响当当了。

泥鳅给自己的公司取名"诚信采办"，一年后他已经有了五辆小货车，后来又增加到十辆，算是一个真正的车队了。这个时候，泥鳅的名片上真的印上了总经理，他实现了自己的梦想。

我是第一批和诚信采办公司签订合同的餐饮企业，也是泥鳅的热心宣传员。其实对于我们餐饮企业而言，遇到这样的合作伙伴也非常难得。同气相求，像李轩、泥鳅，当然也包括我这样做企业的，讲究的就是一个"诚"字。我记得有一次我们急需一批价格比较贵的海鲜，我通知泥鳅进货。他硬是自己亲自跑了一百多公里，到海边进到物美价廉的物品，实在是让人心服口服。

泥鳅长得黑而精瘦，属于那种干吃不长肉的类型。有时候他赶上饭点，就在我这里吃，一顿能吃一斤干面条，还能喝一碗汤。这种人力气却是大得出奇，百八十斤的东西，拎起来就能上二十几楼。这还不算强项，泥鳅最擅长的是水上功夫，一个猛子扎水里，再出来就在几十米开外了。他从小在淮河边长大，按他自己的话说，本身就是渔民。就因为水性好，再加上黑而小，被人起个外号"泥鳅"，从家乡叫到深圳，一直叫到今天，好多人都不知道他的大号。

泥鳅那天是陪着儿子到海边游泳，突然间起了狂风暴雨。父子俩赶紧收拾东西上了岸，却听到岸上的人跳着脚在喊叫，原来是有人被海浪卷走了。他顺着众人手指的方向，隐约看见一个黑点一会儿浮上来，一会儿沉下去。风急浪高，橡皮筏子根本稳不住，救援人员也担心体力不够不敢贸然营救。泥鳅二话不说就要下水，立刻遭到工作人员的制止。他也没时间说服他们，就请求他们将救生索绑到他身上，入水试了两次，他用技术说服了工作人员。他告诉大家他不会有危险，不能坚持就打手势，他们可以把他拽回来。泥鳅自视水性好，可他连续冲了两次，都是快接近遇险人员时又被一个浪打回来。大家都怕他体力不支，劝说他不能再试了。他稍微歇了一下，喝口热水活动一下筋骨。第三次冲击，他不再劈波斩浪，而是一个猛子扎下去，终于拉住了那个落水的人，紧紧地抱住遇险者死不松手，终于把人救了出来。岸上那天恰好有电视台的记者在拍片子，完整地录下了整个救人过程，在网上播放之后，感动了成千上万人。这个小个子男人的英雄壮举和精湛的水性，让大家交口称赞，一时成为新闻热点。

泥鳅叫赵伟峰，因为下海救人，那一年被评为感动中国十大新闻人物。

赵伟峰从北京领奖回来，我在我的酒店里给他摆了好几桌，所有能叫得上的河南人都来了。本来大家提议每人凑份子为他庆贺，但我的大股东任老板一定要自己出钱。任老板激动地说："这个小伙儿是俺们一个县的，俺们为河南有这样的救人英雄而骄傲！"

我后来和任老板成了亲戚，而泥鳅后来与我论起来也算是亲戚。再后来，我和我那个异姓的哥哥李轩也成了儿女亲家。这个世界很大，可这个世界也真的很小。河南人老乡观念强，走到哪儿都喜欢抱团儿，也喜欢互相成全。

我与泥鳅合作了好几年，很久之后才在一次老乡聚会时见到他的夫人。嫂子是郑州荥阳人，论起来和我们村子也不算太远。她生得高高大大，肤白貌美。都说泥鳅是哪辈子积了德，媳妇不但长得好，结了婚还连生一儿一女，俩孩子被教导得乖巧伶俐。宴席上，泥鳅偕夫人敬酒时我有一种错觉，总好像是在哪里见过，不免多看了她几眼。我也发现她不时地扭头看我。我把这事儿和坐在我身边的任老板的夫人说了，她颇自负地说："咱们河南姑娘都差不多，除了信阳妹子像南方姑娘，水灵秀气些，再往北走，女孩子都长得高大周正。"

我再仔细看，这嫂子倒真的像是大多数郑州街上的女子，端庄大方又不失秀气，在城市生活时间长了，很是洋气。宴席上这嫂子说了一些客气话，生意上亏得大家照顾泥鳅，今后还要多关照。泥鳅接了她的话说："我们两口子刚来深圳，都做过家政服务，我们没忘记刚来时有多艰难。我们接下来要成立的家政公司，专门为家乡出来打工的人安置就业。"说着，他从包里拿出一张营业执照，"这不，执照已经下来了。我们的员工都是在河南招募，先进行专业培训，从月嫂到保洁，包括司机、住院陪护都有。大家有需要可以随时联络我夫人，同时拜托为我们做宣传。大家放心，我仍然专心做我的采买，我媳妇负责家政这一块儿。"

　　泥鳅两口子赢得了大家尊敬的掌声，这两口子可真是珠联璧合的一对能人。我信任他们。人无论做什么事情只要诚恳，做什么都能做成。泥鳅后来的事业做得很大，他真的挣了很多钱，这钱都是靠他的勤劳和诚实挣来的。

　　那次聚会过了大约半个月，突然有一天我在办公室接到接待经理打进来的电话，说有一个自称赵伟峰妻子的女人找我。我放下电话亲自迎了出去，嫂子给我留下的印象深刻，她找我一定是遇到什么事儿了。但她与那天宴会上不同，穿戴得简单朴素，更显得端庄和气。见面她未说话先红了脸，递上一个白棉布袋子给我。袋子里装着几个食品袋，摸着热乎乎的。嫂子说："妹子，这是我来之前烙的几张千层饼，里面只放了葱花、香油。我知道你开餐馆的不稀罕吃，这是我的心意，是我亲自下手给你做的。"我说："嫂子，葱花油饼是我最爱吃的家乡吃食，我闻见味儿就馋得不行了。"说完我就去掏那些吃食。她笑着说："妹子，我们不能站门口吃东西吧？"我也看着她笑了，把她领到我办公室隔壁的接待室，吩咐人泡了一杯玫瑰花茶给她。然后抽一张湿巾擦了手，掏出一张饼子先吃为快。嫂子的手艺可真不错，葱油饼拿出来一抖搂，一下子散成一条一条的，香味扑鼻。我每次回郑州，二姨都要做这种饼给我吃。一块饼子塞进口中，突然想起家乡的那些过往，噎得眼泪都快出来了。

　　嫂子的眼泪却是滚落下来，她说："妹子，你真的没认出我来？"

　　我停止咀嚼睁大眼睛看着她说："嫂子，我只说面熟，我们俩真的见过面吗？"

　　她哽咽着说："你那时还小，我也才二十出头。我们的变化都太大了。"

　　我拿纸巾一张张擦干净油手，也让人端一杯花茶给我。

　　嫂子说："三妞，我是姚水芹，是你的表嫂、燕子的妈妈。"还没等我明白过来，她已经泣不成声了。我一下子清醒过来，这姚水芹果然是我原先见过的，她是我表哥前边的那个女人，后来是她提出与我表哥离了婚。燕子是我表哥和这个嫂子生的女儿，现在一直跟着我二姨生活。

五

　　姚水芹初到深圳做工那年才 23 岁。她丈夫原本不肯放她出来，丈夫说："我们在家门口又不是不能找点事做，守着老屋，冻不着饿不着就行了。钱多了多花，钱少了少花，心气不能太高。生就的扒渣命，就别往高枝攀。"

　　姚水芹的丈夫对她不错。他勤快，性子温和，家里地里的活儿都不指望她，结婚几年倒是没让她受过委屈。日子虽然过得小了些，但也说得上殷实。

　　姚水芹心气高，她看得比丈夫远。她说："你睁眼看看人家出去的都挣了钱回来，过上了好日子；其实我也不只是想出去挣些钱，不让人家低眼看咱们。我只是觉得，虽说人活一世，草木一生，但树挪死人挪活，我这年纪轻轻的总不能一辈子就这样在家待着。我也想出去长点见识，不然孩子问个事儿，我们半天答不上来，这爹娘有面子？"

丈夫说："现在电视电话都方便，长见识非得出去？再者说了，出去不挣钱，尽是受累；挣多了吧，又给儿孙留祸害。你说你出去划算不划算？"

姚水芹说："要说到钱，咱们是冻不着饿不着。可是你看看咱家的老房子，都成古董了。人家的孩子，好赖还得进城读书，你看看咱们的村小还剩几个孩子？都是缺爹少娘的人家。咱也得多挣点钱，让闺女去城里进个好学校！"说着说着，她红了脸，眼睛也潮湿了，"你看看他们从外面回来穿的用的都是什么？再看看你我，看看咱们的孩子。我们还有长长一辈子，总不能就这么凑合着过完。"

话说得多了，总有不称心如意的时候。虽然小夫妻俩结婚这几年，感情还不错，但是出现这种争执，两人再过夫妻生活的时候就有了障碍。时间一长，丈夫就觉得她是在赌气，于是便也赌气道："你不就是想给自己买几件赤背露胯的衣服？还想染个黄头发，眉毛上也趴个毛毛虫是吧？你是不是想跟二升老婆一样，弄得一身骚气回来，像个狐狸精？"

姚水芹说："看你说那话，好像想穿好点儿就不正经是吧？哪个女的不想穿好的？我倒是想把自己弄成狐狸精，钱呢？"

姚水芹执意要出去打工。丈夫性子绵，拗不过她，也只好任由她了。

　　姚水芹从郑州郊区来到深圳，只第一年过年回去过一次，别的时间再没有想过回去。她已经不习惯农村的一切，不习惯在零下几度的茅坑里撅着冻红的屁股拉屎，不习惯蹲在蚊蝇成堆的院子里吃饭，不习惯不洗澡就睡觉，更不习惯在漫长的冬夜里，睡觉的时候还穿着层层叠叠的衣服。她的家虽然离郑州中心城区不远，但远远不能跟深圳相比。她喜欢没有冬天的城市，喜欢天天能洗澡，喜欢一年到头满眼的花红柳绿，喜欢彻夜车水马龙的闹市。用如鱼得水形容她恰如其分，城市就是大海，家就是个小泥塘。她知道她只要游回去，她就会窒息而亡。所以她有一个愿望，就是拼命干活攒钱，把丈夫和女儿也接出来。

　　姚水芹在家政公司做清洁工，她能干，别人一天做一家她能做两家，别人做两家她能做三家，一个月能挣七八百块钱。她很节俭，刨去吃穿用住，还能省下三四百块。她给自己买了新衣服，但没有染黄头发。她把挣的钱寄回去让女儿上城里的幼儿园，她把更多的钱攒起来准备将来买一间屋。姚水芹是一个良善的家庭妇女，她出来做工的目的，并不是为了她自己享乐。

　　从村里出来的姚水芹常常感慨，城里真好啊！今天把钱花掉，明天只要肯掏力气，总能有办法再挣回来。乡下种一季庄稼，还不知道能不能有收获，在乡下天天提心吊胆，不是为风发愁，就是为雨发愁，为空气的冷和热发愁，为土壤的肥瘦和吃庄稼的虫子发愁，这些他们决定不了的事情，每一件都决定着他们的收成。城里人什么都不用愁，他们早上像一张弓那样被拉开，被气吹着似的东奔西走；晚上虽然累得筋疲力尽，只要吃饱喝足，软塌塌地在床上睡一夜，第二天仍是精神饱满。姚水芹很快爱上城市生活，在这里吃的是她从没吃过的好饭，穿的是她从没穿过的鲜亮衣服。若是城里再有一个属于自己、吃饭睡觉自由自在的地方，那个地方不管是不是家，只要她能可着自己的意儿生活，那就更好了。有一阵子，她很为住宿的问题苦恼。家政公司不提供住宿，姚水芹和一个女工合租一间地下室，一个月每人分摊两百块钱。

和姚水芹同住的是个扬州女人。扬州女人叫孟金枝，南方人喊出来就是梦金子。梦金子说话很嗲，她一开口，姚水芹的耳朵根子都是痒痒的，听的时间长一点，牙根子也跟着痒痒。姚水芹不知道，梦金子说话的样子，会让男人听了心都痒痒起来。梦金子说不上漂亮，矮胖，可走起路来花枝乱颤。她的皮肤很白，一堆诱人的白，而且是瓷白，连女人看了都忍不住想摸一把。梦金子已经 27 岁了，她扎两个小辫，打很重的腮红，看上去还蛮像个小姑娘。

姚水芹好性格，她喜欢梦金子，也有点羡慕梦金子。她觉得梦金子对城市太熟悉了。她把城市窝在手里，活得顺风顺水，肯定见过大世面。梦金子对她的亲热，让她在俩眼一抹黑的城市里有了依靠。梦金子软软地喊声姐姐，她的心就好像化了似的。其实梦金子比姚水芹大两岁，但人家看上去就是年轻。她一喊姐，姚水芹就会忙不迭地把屋子里的活计全都做了，有时连梦金子脱下的内衣都给洗了。梦金子的内衣可真漂亮，那些小衣服花样百出，柔软舒适，摸上去滑手，姚水芹把心都看花了。她自己的胸罩内裤都是些低劣的地摊货，一水洗下来，都成布片了。

梦金子跟姚水芹说她一直没有结婚，这姚水芹看得出来，只是不好意思打问。梦金子噘噘嘴儿，像是有些幽怨又有些害羞地说，老天爷多不公平嘛，我生得又不是不好，为什么没有男人肯给我买房娶了我呢？

她把买屋说成买房，姚水芹一下子就听到心里去了。

姚水芹说就是啊，这么娇媚的梦金子，为什么没有人给买房娶回去呢？然后叹口气又说，娶有什么好？我都被人娶过，生过娃娃了。

梦金子说，唉，宁愿自己过，我也不让乡下男人娶我。我死都不愿意做个村妇！知道吗？不在城里换套房，我们女人这一辈子就白活了！

说这话的时候，她目光坚毅，神情严肃，满脸的狠劲儿，让姚水琴看得热血沸腾。愣了一会儿，姚水芹痴痴地问道：
"村妇？城里？买房？"

姚水芹看着嫁不掉的梦金子，有点儿心疼她。突然之间
也有点儿心疼自己，若是自己也没有生过娃娃，在城里走一
遭之后，还会回乡下和老实巴交的丈夫结婚生娃吗？这样一
想，姚水芹又有点儿后怕，也有一点儿遗憾。但这里面的很
多东西她说不清也道不明，像一堆乱麻窝在了心口。她想跟
梦金子说说这些，可每当她说起家、村子、孩子、丈夫，梦
金子都打哈欠，让她觉得屁股后面拖着这些破事儿很是没面
子。她想，我为什么不早一点到城里做工呢？那样娃娃就生
在城里了，兴许也能住上属于自己的房子了。住在城里的房
子里，那该有多伸展啊！她渐渐明白了，不是梦金子在城里
过了这么多年害怕乡下，就她姚水芹在乡下生活这许多年，
才刚刚踏入城市的边儿，就已经开始害怕乡下了。

梦金子就是身边的榜样。姚水芹努力把自己也弄得像个
城里人，好像只有这样才更有底气在这里待下去。她把自己
关在卫生间一遍遍地洗涮自己的身体，买来廉价的润肤露不
停地涂抹。姚水芹发现自己的皮肤其实不比梦金子的差，因
为长期在乡间行走和劳动，她体态结实匀称，凹凸有致，稍
微好一点儿的衣服上身，就让她格外出众。她现在吃得好，
很健康，她细腻的肤色闪着丝绸一样油润的光泽。

　　姚水芹在心里喜欢着梦金子带给她的那种小女人娇媚的感受，喜欢她说话的样子，喜欢她穿衣服的精细。唯一让她不习惯的，就是梦金子常常带男朋友回来过夜，还常常带不同的男朋友回来过夜。这让她羞惭，也让她新奇。更让她不习惯的，是他们在深夜里吱哇乱叫，像遇到了野鬼那样的喊叫，让她非常恐怖。第一次她被叫醒，吓出了一身冷汗，猛地坐了起来。她拍着墙问，金子，金子，没事儿吧？那边叫喊停了下来，是梦金子软绵绵的声音，没事儿没事儿！你睡吧芹姐！她刚刚想睡去，那边又叫起来，吵得姚水芹不能入睡。第二天她起来上工，梦金子还在蒙头大睡。她去做活的时候腿脚都在发软。她想不明白，女人和男人在一起怎么会发出那样的叫喊，究竟是快乐还是痛苦呢？她和她的男人结婚两三年了，他们都是在深夜里像偷鸡摸狗一样做那事儿，做完了谁都不理谁，好像做了多大的亏心事儿。即使说话，也是讨论些柴米油盐和农耕琐事，话题绝不会与"那事儿"有关。丈夫上去下来，秩序井然，像锄完一亩地或者掰了半天苞谷，完事大吉。

　　姚水芹不明白梦金子为什么喜欢做这种事儿，这在乡下顶让人看不起。她也讨厌这种事，她和丈夫做事总像是应付差事。有一次，姚水芹问梦金子，这些人会对你好吗？

　　梦金子说，当然，好！

　　姚水芹说，是啊，要是他们对你不好，你多吃亏啊！他们为什么不娶你呢？

　　梦金子说，谁吃亏啊？大家都高兴嘛！倒是想娶，可他们娶不起我，他们买不起房。

　　姚水芹迟疑了一下说，那，他们给你什么东西啊？她差点说出"钱"来。

　　梦金子生气了，她说，我又不卖自己！姚水芹在深圳没有熟人，没有朋友，她想找个说话的人都没有。赵伟峰是公司里的年轻男人，比姚水芹大两岁，但他是老员工了。公司让他和姚水芹搭班，两个人说话的时候论起来，原来还是河南老乡。赵伟峰是个善良忠厚的人，话也不多，做事非常踏实。他很耐心地教导姚水芹，姚水芹做不到的地方，他就默默替她做了，这让姚水芹很是感激。但她也很讷言，感激的话也说不出，只好抢着多做一些。两个人配合得越来越默契。他们去人家家里做清洁时，赵伟峰诚心地教导她说："你做活要懂得用巧劲，不但活儿要干得好，而且要让人觉得你会干，也卖力。"

　　姚水芹点点头说："谢谢你啊。"

　　赵伟峰道："挣钱不使力，使力不挣钱。"

　　姚水芹点点头说："谢谢你啊。"

　　赵伟峰道："你要会说话。要学会跟业主交流，让他们信任你。"

姚水芹又点点头说："谢谢你啊。"

赵伟峰说："这很重要，雇主信任了你就不会再挑剔。咱和他们双方都会很轻松。"

姚水芹感激地看着他，没再说话。时间长了，赵伟峰发现姚水芹其实非常会做事儿，她活儿干得又轻快又利索。她话虽然不多，却说得很是地方。而且她说话的时候有板有眼，落落大方，让赵伟峰觉得这个搭档很是让人舒适。他们俩搭伴做活儿又快又好，人家很满意。雇主那天额外给他们二十元小费和一箱快要到期的牛奶，两个人都很高兴，用这钱在小馆子吃了一顿面。虽然是平常的一餐饭，却说了些家常话，使两个人更增加了默契，距离一下子拉近了许多。

赵伟峰皮肤黝黑，个子瘦小，但总是穿得很得体，说话的时候不卑不亢，做人也从来不卑不亢。他从不多说什么，更不抱怨不牢骚，踏实沉稳得令人肃然起敬，让人觉得他做清洁工是很体面的职业。姚水芹很敬重他，也处处学着赵伟峰的样子，很快就找到了那种感觉。

姚水芹一米六八的个子，生得骨肉均匀。没有了风吹日晒，养了一段日子竟然变成很秀美的一个妇人。她穿了新买的衣服鞋子，看起来很有点城里人的意思了。赵伟峰知道对于打工生活而言，她已经上路了，所以从此不再教导她，看她的眼神竟然有了些爱慕。

这一天干活儿的时候，姚水芹跟赵伟峰诉苦，告诉他梦金子的事情，说她想搬出来一个人住，可是房租太贵，她一个人负担不起，问他有没有认识的老乡，可以介绍一下合伙住。赵伟峰不知道该怎么帮助她，想了一会儿说："我本来是和我哥一起住。我哥有事儿回老家去了，我那里空着一间屋，不知道合适不合适。"

姚水芹连忙说："我不和男人合租！"

赵伟峰依旧依着自己的思路说："我可以先借你住一段时间，也不要你钱，等你找到合租人再搬走。"

姚水芹说："那不行，传出去像什么话？"

赵伟峰说："传出去？传什么出去？现在城里租房都是这样子。再说了，谁知道你是谁啊？像我们这些人，自己看得起自己，也是硬撑的。比如说我们俩有谁病死了，抬出去就烧了，跟死个苍蝇蚊子差不多，谁在乎你的生死？"

姚水芹没再说什么。要说也是，她在城里生活半年多了，认识她的人不会超过五个，能喊出她名字来的更少。况且一个月省下两百块钱也是个大数目。再者说，与赵伟峰相处这么久，他就像一个自家兄弟。在姚水芹的眼里，他倒是个难得的好人。

姚水芹就这样搬到赵伟峰那里去住了。他们两个都是有分寸的人，互相尊重。赵伟峰不多事，也不多话。若是他下班早了，就抓紧时间先冲个凉。待姚水芹回来，他就会出去一会儿，说他出去遛个弯儿，要一个小时左右回来。这样懂事的赵伟峰让初来乍到的姚水芹心中装满了感激，却又忐忑不安。她尽管是一个没有见过世面的乡下女人，但是她凭着朴素的人生常理，懂得这天下没有白吃的宴席。赵伟峰对她越好，她心里越觉得虚得没处下脚。她希望早一天找到房子搬出去。

因为人家不要钱，姚水芹就包揽了全部家务。她勤快，肯做又会做事，一套小出租屋在她的手下弄得很有一点儿家的感觉了。姚水芹会做饭，米饭经她的手烧了，出奇的香。她做的菜，也未见放多少作料，吃着特别有味道。她是郑州人，爱吃面食，试着做各种面食让赵伟峰吃。吃饭的时候，姚水芹先给赵伟峰盛上，端到客厅里，然后自己躲在厨房里吃。赵伟峰也不让她，只顾把头埋在桌子上呼呼噜噜吃完。赵伟峰没有结过婚，从没有享受过女人这样贴身的照顾。他吃了姚水芹做的饭，心中对这个女人有了一种特殊的感觉。虽然赵伟峰借房子给姚水芹住了，但他觉得吃她做的饭，心里还是有歉疚，于是下班回来常常买一捆青菜，有时买一条活鱼或者半斤五花肉，两个人像过日子一样。

有一天，一个曾经被姚水芹服务过的老板来公司找她，想让她到家里去做钟点工，管吃饭。家里没有老人和小孩，一天做三顿饭，打扫卫生。公司经理问姚水芹是否愿意。

姚水芹问，做一个月多少钱？

经理说一个月六百，管吃饭。

姚水芹说她要八百。其实她心里也没有多大把握，若是人家坚持六百，她也就答应了。她还是愿意固定在一家做，等公司派活儿得满城跑，辛苦且不说，主要是苦乐不均。有时候活多忙不过来，有时候一天都没事情做。更重要的是，这个人家一天有吃三顿饭的地方，对她是一个大诱惑。姚水芹若是不答应，公司会派别的工人去，还有几个年龄合适的女工在等着。那老板却只看上了姚水芹，他一定要她做，而且八百他也认。待那人与公司签了合同，姚水芹就到那人家里去上班了。

老板姓刘，是做玩具生意的。刘老板的儿子出国念书去了，家里只有他们夫妻两个。他们都是四十多岁的样子，看着干净漂亮，是个温馨的家庭。生意上的事情大部分是夫人在经营。刘老板很悠闲，上午睡睡懒觉，下午召集一帮人打打麻将，一打起来就昏天黑地。原来姚水芹以为只做老板夫妻两人的饭，谁知道来上班了之后才知道每天要做一大群人的饭，而且得等他们吃完收拾干净才能回去。说是钟点工，其实跟一个全工没多大区别。但既然答应了人家，她也不好反悔，就既来之则安之吧！

姚水芹做事情的时候总是不急不躁，虽然话语不多，但非常有眼色。她尽心尽力地照顾大家，茶水饭食打点得也十分周到。老板爱吃包子，他常常让姚水芹到一个当地有名的包子铺里去买。姚水芹吃过几次，觉得与自己做的包子相比，并没有好到哪里。但她还是用心，专门买来一本食谱研究怎么做包子。她试着做了几种包子，让他们吃了之后，大家都说每种包子都比包子铺里的好吃。姚水芹得了夸奖更加上心，继续研究怎么做菜，主要是学习做南方菜系。她把鸡鱼蛋肉和各种青菜洗得干干净净码好，变换着各种食谱。老板特别点什么，她很快就能照着书本做出来。老板的朋友都喜欢姚水芹，他们唤她姚姐，他们说，刘老板哪是雇钟点工？简直是雇到了一个漂亮女大厨，饭做得这么好，又会体贴人。刘老板听他们夸奖姚水芹，就像自己得了夸奖一样开心，他说，是我亲自挑选的，我第一眼看到姚姐就觉得她不一般！

对老公混这一帮酒肉朋友刘夫人倒也不多说什么，她交代姚水芹早晨来上班第一件事儿就是开窗透气，不管刘老板起没起床，都要把楼上楼下所有窗子打开。刘夫人说，简直是一群猪，又是抽又是喝，把家里糟蹋得简直就是个猪圈！刘夫人嘴上凶巴一点，但心地很和善。她常常让姚水芹给她用手洗那些高档衣服，然后会把半新不旧的衣服送给她。那些衣服都是七八成新，看起来跟新的也没啥差别。她比姚水芹略微瘦一点点，她穿松垮的衣服，姚水芹穿上刚刚好。刘夫人说，姚姐你也别嫌弃，能穿就穿，不能穿就送人好了。姚水芹知道她是在给她台阶，心里头格外感激，觉得遇到这家人真是天大的福分。有的内衣她看到金子穿过，知道一件就要好几百。她以前摸摸金子的衣服都害怕给人家弄脏了，怎么会嫌弃呢？

　　姚水芹穿了刘夫人送给她的衣服就更像模像样了。她很自重，她在刘家也靠勤劳得到尊重，她的举止渐渐有些尊贵味道了。

　　姚水芹在一次到老板的卧室开窗透气的时候，被他从后面抱住了。姚水芹还没有反应过来已经被刘老板扒光了衣服。大白天在人面前赤身裸体，她是第一次。她不知道是羞愧还是尴尬，她自己都没有这样在墙上巨大的穿衣镜里看过自己的身体，丈夫同她生活了两三年，也没有这样看过她。姚水芹紧张得手脚都不知道放在什么地方，她差不多都要哭了。但是她没有挣扎，她被内心的恐惧攥住了手脚。虽然男人高大威猛，她不是他的对手，但只要她挣扎，他也毫无办法。这是后来回忆这事儿的时候她的想法。在当时，的确是她放弃了。身子都被别人看到了，再挣扎有什么意义呢？

　　那天完事后刘老板在她包里塞了1000块钱。那是老板娘

送给她的旧包，到她手里后从来没有装过那么多钱。她木然
地拿起包，接下来虽然该做的都做了，但她不知道自己都做
了什么。她下班没有直接回赵伟峰那里，而是跑到公园里，
以手掩面哭了个够。她甚至想到死了算了，还有什么脸面见
自己的家人？特别是丈夫，那么老实的一个人，从来不曾重
口说过她。她出来打工时承诺过，她一定做一个对得起自己
良心的人，一个让自己看得起的人。她反复说过，让他放心。

姚水芹决定第二天就去刘家拿回自己的东西，她决定辞
工。但是第二天她到刘家的时候，却发现只有刘夫人一个人
在家。刘夫人说，她的老毛病头疼病犯了，老公替她出差去
了。姚水芹对她说了辞工的事儿。女主人很是意外，温和地
问道："我们有哪些地方对不住你吗？"

"不是。"

"那你是嫌工资低？"

"也不是。"

姚水芹咬住牙才没把刘总昨天的事情讲出来。昨天为什
么不说？并且钱她是收下了的，让她更有一种跳进黄河也洗
不清的感觉。她找不到更合适的理由，只好小声嘟囔着说要
回老家去。刘夫人说："如果有人出更高的价请你，我尊重
你的选择。但不管别人给多高，我都会给你补齐。"她拉过姚
水芹的手，放在自己手里拍了拍，"我觉得做事情不光是钱

的问题，还有我们这些日子的情谊呢。"

她的抚慰，还有这几句话，一下子把姚水芹心里筑起来的堤坝给冲垮了。姚水芹也不敢抬头看她，眼泪忍无可忍地咽进肚子里。

刘夫人说："姚姐，我脑壳疼得都要炸了，你赶紧洗手帮我按摩一下。"

像当初被刘老板强暴一样，姚水芹竟然就这样半推半就地留下了。半个月后刘老板回来了，看见姚水芹，竟然有点新婚小别的热切，稍有机会就热辣辣地盯着她，让姚水芹逃的地方都没有。瞅着刘夫人不在，姚水芹小声向他哀求道："本来我坚决要走，是你夫人不放我！我求你放过我，好吧？"刘老板也不回答她，拉过她的手，在她手心里塞了个小袋子，然后若无其事地走开了。鬼使神差地，姚水芹竟然把小袋子塞进裤子口袋里，一直到下班，她都没有拿出来看看是什么。好不容易熬到下班，她神魂不安地回到赵伟峰那里，借口不舒服，也不做饭，便关了门躺下了。听听外面没有动静了，才掏出那袋子看了，是一条精致的金项链和一枚细细的金戒指。杏仁大小的项坠是心形的，戒指上也是托着同样一颗小小的金心。她想起梦金子身上的那些挂饰，心里泛起一种既幸福又委屈的滋味。

此后，姚水芹这样被刘老板抱的事情又发生过好多次。

事情总是这样，一有了开头，就停不下来了。姚水芹害怕着，也欢喜着。

刘老板喜欢亲姚水芹的嘴，说她嘴里有一股奶味儿；他也喜欢亲吻她的两只饱满的奶子，他用不同的方式进入她的身体，这让她讶异和新奇。穿上衣服的时候，他是一个威仪的老板，到了床上就变成了一个粗暴得有点下作的男人。姚水芹知道，他是真喜欢她。他的喜欢也让她喜欢。但是，每当刘老板高兴地舔着她耳朵问她快活不快活的时候，姚水芹只是含含糊糊地嗯一声，这反而更刺激了他。姚水芹有时真的也就快活了。这个男人知道如何调动女人的情绪，他不是只图自己痛快，这让姚水芹感动。他触摸她身体的深深浅浅，他关心她的感受，他很温柔地亲吻她的嘴和脖子。姚水芹有一天忍不住，呻吟了一声，开始还是叹气一样低微，后来就变成吟唱了。刘老板很是得意，他说，一个有力量的男人只满足自己不是本事，能把女人做满意了才是本事。这话听得姚水芹面红心跳，不知道该怎么接口。男女之间还有这样的快乐，而且还可以说出来，这是她无论如何不能想象的。所以当刘老板再一次说，我喜欢你姚水芹，我要你是因为我喜欢你，喜欢才会和你做爱的时候，姚水芹就能听得入耳入心了。她不知道自己是不是喜欢刘老板，但是她觉得他不让人讨厌，他至少比自己老家的丈夫让她感觉好。

他们是做爱，不是为了生孩子，这对姚水芹是一种全新的感受。姚水芹那时才有一点理解梦金子为什么会喊叫了。

刘老板悄悄地给姚水芹塞过几次钱，有时五百，有时一千。他让她去买衣服，他说，我知道你不是那种拿钱能买到的女人，但我不能亏待你。他说，我家还有一小套旧房子，我回头让人收拾了给你住。

姚水芹想好了，春节回家，就向丈夫提出离婚。要是他不肯离，她就把这些事情一五一十地说出来，要是丈夫肯原谅她，她仍然好好跟他过日子。她没学坏，她不是坏。当她拿到刘老板给她的钱的时候，首先想到的就是丈夫和孩子。她还真惦记着刘老板的那套房子，有了这套房子，她可以把女儿和丈夫接过来一起生活。

六

现在郑州老家这里只剩下了大姐一家人。弟弟随弟媳一家搬去了开封，母亲和小妹又跟我去了深圳。原来二姐和二姐夫住在辖区的东南角，他们在那里开了一家小饭店，主要卖卤肉、羊肉汤等地方小吃。二姐的卤肉店在附近很有名气，她会做生意，也很会做人。由于她的卤肉卖不完其他小店就没有生意，所以她每天卤多少肉是定量的，去得晚了就没了。她之所以这样做，主要是想给同行留足买卖空间。后来二姐查出淋巴癌，为了看病方便，他们卖掉饭店和住房，搬到市人民医院附近去了。那儿离火车站比较近，到外地看病出行也比较方便。

大姐住的地方早已经由村庄变成了社区，是村子拆迁之后就地安置的。大姐夫在村里人缘好，大小也是个村干部，所以他们家分了临街的三层楼。大姐和大姐夫开的也有饭店，店面比二姐的要大得多。当初大姐执意要起个"大饭店"的招牌，大姐夫不同意，说二妹开个小饭店，我们起个大饭店的名字，自己不说什么，人家外人会看咱们的笑话。但大姐执意这样做，后来虽然生意做得很红火，但她的口碑还是赶不上二姐。二姐把饭店卖掉搬走跟这有没有关系，不得而知。二姐就是这种性格，对谁都谦让，酸辣苦甜都搁在自己心里，从来不抱怨什么。

陆续有了孙子辈之后，大姐忙不过来，大姐夫也不想干了，就把一楼二楼的饭店承包给人家。他们一家住在三楼。说实在的，有这么多年的积累，他们的日子过得轻松又殷实。

大姐和大姐夫都是二婚。要说也不算，反正也没办结婚手续就在一起过了。他们的婚姻认真说起来，绕的圈子还真不小。大姐现在嫁的这个人，我可以喊他姐夫，也可以喊他表哥。表哥的母亲是我二姨。二姨是母亲的堂妹。

曾经有那么几年时间，我被二姨抱养过。那时父亲还活着，不知道什么原因，那年夏天我得了痢疾，长达一个多月治不好。家里也确实困难，拿不出更多的钱给我看病，再加上当时农村的医疗条件有限，几片包治百病的小药片，却怎么也治不了我的病。拉了几十天，开始还会跑厕所靠墙根，慢慢地裤子都提不上了。医生束手无策，父母更是一筹莫展，到最后也就不再抱着我去医院了。父亲也想了很多办法，给我弄来一些草药，一样一样地熬了给我喝。我喝进去多少吐出来多少，终是没有用处。后来他干脆天天躲出去，不敢面对我，害怕看见我那难受的样子。母亲也不知道听谁说了，狗翻肠子人拉稀，这病没得治，就直接把我扔到灶火后边草灰堆里，随便拉去，反正也不用洗。她后来从不提这事儿。要说也没啥大惊小怪的，乡下小孩子命糙，哪个病了不是拖拖就好了？要是好不了，那也没办法，拖好了是病，拖不好了是命。说白了，其实是等我自生自灭。这样拖着拖着我真的就气息奄奄了。我不吃饭，也不再说话。我妈便在我们家西屋地上铺了一张席子，把我放在上面，就等着我咽气了。

不知道我二姨怎么听说了这件事儿，那天天还未亮，她就拉着二姨夫来到我们家。一看见蜷成一团的我瘦得没了人形，二姨抱着我大哭道："我的孩儿，你妈这是让你等死啊！"也许她是菩萨派来救我的，我已经两天没睁眼了。她的眼泪滴在我脸上，我奇迹般地睁开了眼睛，眼巴巴地看着她。二姨是个从不会说重话的人，那天和我妈呛呛了半晌："就是个猫狗也不能看着她死吧？"我妈说："你说得轻简，这都多少时候了？药也没少吃，钱也花干了。换你伺候她一个多月试试看！她自己不吃不喝，谁有本事救活她？"

二姨闻听此言，抱着我蹲在地上放声大哭。二姨夫把我从二姨怀里接过来，解开他的衣服把我贴身揣在怀里，抱着我头也不回地就回了他们家。他们没有闺女，只有一个儿子，就是上面提到的我这个表哥。我到了他们家，二姨天天没日没夜地把我搂在怀里不松手，熬一锅小米汤放在跟前，喂了吐，吐了再喂，愣是把我从死神手里夺了回来。

我的病奇迹般地慢慢好转了。待能吃点其他东西，我二姨夫就用一垛麦秸换了一只奶羊，一天一大碗鲜羊奶。家里养了两只母鸡，鸡下蛋的时候，二姨就让我蹲在鸡窝旁等着。带着体温的鸡蛋热乎乎地握在我的小手心里，让我快乐得眩晕。我奔过去交给二姨，全家人都舍不得吃，全都给我攒着。

我二姨不知道从哪儿得了个偏方，说鸡蛋囫囵着隔水干蒸，治痢疾。我吃的时候，表哥就在旁边看着。我让他，他就说不爱吃鸡蛋，可我分明听到他吞咽唾沫的声音。一个秋天过去，我吃胖了也长高了，最重要的是，我脸上有了笑颜。可能就是那些有爱的日子，奠定了我此后人生的信念，大爱能够挽救一切。我每天几乎是贪婪地窝在二姨的怀里，这是我梦想中母亲的暖。而我自己的亲娘，自从我记事起就没有抱过我，还整天说我是块木头。我夜晚做梦都能梦见我母亲用一根指头戳着我的头说："无情无义，整天木个脸，好像谁都欠她二斗米钱！"

在二姨家的几年，是我过得最幸福的时光，后来我也一直把那里当成自己的家。我还学会了撒娇，晚上躺在二姨的怀里，我娇羞地说："我会听二姨二姨夫的话，好好念书。等我长大有本事了，买好多好多鸡蛋，给你们吃。"我第一次说出这样矫情的话，不敢看二姨的眼睛，我知道二姨会笑得嘴都合不拢。可是她的眼泪哗哗地淌，把我的头发都弄湿了一大片。

"我苦命的孩儿！"二姨用指头梳着我的头发，心疼地叹息道。

我把二姨夫抱我回去的那一天当成是我的新生。农历七月二十六。我母亲第一次晕倒也是在那一天。我一直有点奇怪，为什么母亲正赶上那一天生病？莫非冥冥之中真有什么神奇的力量吗？

表哥和我大姐是同班同学，在学校里两个人非常好，谁若有点儿稀罕的东西，都偷偷带给对方。但当着别人的面，两个人从不说话，一开口就脸红。这事儿被同学看出端倪，开始起哄，喊他俩两口子。二人也算是青梅竹马，情投意合。这事不知怎的传到我母亲耳朵里了，她跑到我二姨家大闹了一场。我妈不喜欢二姨的儿子，说他没有汉子气，太懦弱。她连带着把二姨二姨夫数落得恨不得找个地缝钻进去，她跳着脚说，你们得管好自家儿子，他再招惹大姐，我闹得让他上不了学！

　　二姨小声回嘴道："骂过来骂过去，那不是你的外甥啊？"

　　"我不认这个外甥！从小就瘪犊子一样！"母亲瞟了一眼二姨夫道。

　　其实二姨也不喜欢我大姐，她觉得我大姐太能了，也太自私，大的不睬小的不让，吃屎都得占个尖儿。所以二姨索性借着这个事儿，先托人给我表哥定了一门亲，好歹将这事平息了。

　　还是我大姐先结的婚。男方家庭条件不错，爹是乡邮电所的一个小头目，算是有头脸人家的孩子。我母亲最看好的就是男孩的汉子气，高大威猛，坐像一座钟，走路一阵风，把我母亲高兴得合不拢嘴说："敢作敢当，一看就带种！"

　　但结了婚不久，两人就开始打闹。我姐脾气逞强惯了，处处要压人家一头。那个男的也是个火暴脾气。结婚没几天就开始斗，男人索性不进家，在外头整夜玩。不回来就不回来，我姐丝毫也不会示弱。男人从外面打一夜的牌回来，看看锅里没个热乎饭。鞋上一脚泥，直接要进里屋睡觉。我姐拦着劈头盖脸地吵道："邋遢死算了！我刚刚拖完地，你就不会爱惜点儿？"他夜里输了钱，满肚子都是火，闻听此言，穿着鞋跳到婚床上，边蹦边用被子褥子蹭他的鞋子。"我看你是皮痒欠揍，你算个鸟毛，这还是不是俺家？"我姐气得当下就扔下手里的活儿，回了娘家。

日子还得过，儿子不争气父母遭难，我姐一次次跑，他爸妈一次次带着他去我家把我姐接回去。这还不算什么，过些日子，我姐发现他不只是打牌，他还嗜赌成性。于是屡屡阻拦他，把他惹急了劈头盖脸就是一顿暴打。我大姐挺着大肚子，青紫着半拉脸哭着回娘家，说："妈，这就是你相中的男子汉，真带种！"母亲说："他爹娘不管吗？"我大姐哭着说："谁敢管他？说轻了，摔盆子打碗；说重了，电视机随手就砸了。"

我母亲不羞不恼地听着："看这样，儿子赌钱也不是一天半天了，他爹娘不管就是帮凶。有人生没人养的，你咋就恁好欺负？"

我大姐哪是个省油的灯？打不过儿子骂爹娘，打也打了，骂也骂了。开始他父母还管，后来干脆躲开不问了。一家人早已经是麻木了。

母亲说："不急。你现在还没有说话的地儿，等你肚子里的孩子落地，你还不是想说啥说啥，想咋说咋说！"

半年后，我大姐果真生了一个大胖小子。我母亲仗势冲到人家家里找事儿，人家一家人慌着讨好，滚烫的鸡蛋茶堆尖捧上一大碗，这是当地最大的礼节。热脸蹭个冷屁股，我母亲推开家里人，当着人家爹妈的面训斥那男的："你要想当爹，就要有个当爹的样子！不好好过日子还不如早点离了算了，孩子我们带走！"

那男的还没说话，公公婆婆早就慌作一团，恨不得和儿子一起跪下来磕头求饶。

"我们会管好孩子，他再不学好我就拿砖头拍死他。"那当爹的说。

母亲这一闹，再加上得了个大胖儿子，男的着实老实了一阵子。我妈还挺得意的，教导我姐道："这管男人啊，得看火候。你看关键时候我一出面，他就老实了吧？"

哪知话还没落地儿，要赌债的来家把门堵了。他在外面又输了十几万。堵门的说，不还钱就剁手。

我母亲得了信，没等我姐回去求救，就央着村里的一群人过去了，把一家人堵到屋里，问他们怎么办。

那男的知道这回祸惹大了，扑通跪在我母亲面前。

"站起来！"我母亲厉声说道，"大老爷们儿能随便跪吗？"

那男的跪着没动。我母亲对我姐说："抱着孩子跟我回家吧！"

那男的从怀里掏出一把刀来，把自己的左手放在地上，用右手举刀把左手小指剁掉了。

一家人鬼哭狼嚎地扑到一起，妈妈搂着儿子的手说，

"钱我们替他还，我们还。"

到关键时候，爹妈还是心疼自己的儿子，舍不得打舍不得骂了。

我母亲看这情形，心早已经凉到底了。这样纵容着，还能有个好？她看着他血淋淋的手，丝毫不为所动。"大妞这就跟我走，离婚。"

那边的母亲哭号着说："他年轻不懂事，再给他一些时间，他会改的。"

我母亲说："摊上你们这样护犊子的爹妈，他这赌怕是戒不了的，没救了。"

我母亲这样说，好像她很懂。其实她真的见过，她小时候见他爹料理过赌徒，都是指天发誓，最后个个都家财散尽。赌真是改不了的。

我母亲说完，就带着众人把我大姐和孩子接回了娘家。

对方花那么多钱娶个媳妇，又得了个孙子，末了落个人财两空，毕竟心里过不去，三番五次来求情。男人长得确实排场，事到临头还会办事，今天买新衣服，明天买金戒指，说话求饶像换了个人似的。不知底细的真觉得我母亲不懂事，心也忒狠。我姐有点动心了，她说："妈……"我母亲挥手截住她说："这事儿啊，长痛不如短痛。你是不知道利害。话我先撂这儿，你要还跟他过，今后他把你娘儿俩卖了也别再踩我的门了！"

拉拉扯扯，拖了一年多才把婚给离了。

这边大姐结婚不久，那边我表哥也结了婚。他们举行婚礼的时候我去了。女方长得比我大姐好看多了，人也温柔。结婚后两个人过得还不错，生了个女儿，我二姨给带着。那几年时兴到南方打工，男的女的都出去打工。表哥恋家，又担心二姨二姨夫的身体，不愿意到南方去，就在郑州随便找些零活做。表嫂跟着人家去了深圳，开始在工厂，后来做保洁，再后来我表哥都闹不清楚她做什么工作了。头一年还回来一趟，给我二姨放下一点钱，大人小孩都买些吃的穿的。后来过年也不回来了。再回来就是要求办离婚，家产一分不要，女儿也不要，只要一张纸带走就行了。

表哥刚离了婚，我姐就带着儿子搬他家去了。大姐的儿子那会儿正是会说囫囵话的时候，忽闪着一双星星一样的大眼睛。见了我二姨二姨夫就喊爷爷奶奶，又忙不迭地去拉妹妹的手。二姨二姨夫又喜又忧，吓得一整夜睡不着觉，怕我母亲去闹。我二姨买了点心果子，要去找我母亲商量，临出门被我大姐拦下了。我大姐说，不去，不用说，越说事越稠。

大姐又说，这回由不得她做主。

结果我母亲一句话都没说，认了。真是愣的怕横的，横的怕不要命的。

我大姐和我表哥两个人虽然重新组织了家庭，但也没再认真去办结婚手续。他们还坚持生了个儿子，幸运的是，孩子很聪明，也很健康。

从那以后我们再见了表哥，都改口喊大姐夫。

我到大姐家的时候还不到十点，坐下唠了一会儿家常。大姐身边放着一堆儿童衣服，好像是刚刚洗过的，她在一件一件地拆衣服领子上的标牌。我也有这个毛病，女儿的新衣服先剪标牌，小孩子皮肤嫩，标牌摩擦怕孩子不舒服。几次我伸手想帮她，都被她拒绝了。后来她对大姐夫说，你带着三妹出去转转，她很久没回来了，看看咱们这里的变化。大姐夫迟疑一下，说，咱们一起去吧，今天三妹回来，我们别做饭了，到下面饭店吃算了。

大姐瞪了他一眼，说，去吧，我做饭！饭店的饭有啥吃头儿，你还没吃够咋的？

大姐夫没再说话，带着我出了门。只要他身边没有其他人，我依旧喊他哥。我说哥，不用开车，咱就在附近随便走走吧！他说，好。然后就自顾低着头，带着我向村子西边的新区走去。路两边种着香樟和银杏，都是很名贵的树种。树坑里看着是嫩绿的草，修剪得非常平整，用脚触一下，却发现是塑料垫子。一棵棵排列整齐的塑料草苗种在垫子上，做得很逼真。新小区刚刚建成，一派新气象，从道路到房屋都是新崭崭的，但是看起来蛮不是那么回事儿。不过要真挑毛病，又说不上来什么，就像看到那树坑里的塑料草坪一样，光鲜，却形容不出心里是什么滋味儿。说到底，是找不到家的感觉了，这也许就是我、包括我母亲和妹妹不愿意回来的原因吧。

我表哥打小就性子腼腆，也不善言辞。我妈一辈子就看不上老实巴交的人。可我了解他，他跟我二姨夫一样，心里特别实诚，就是说不出来。以我大姐的泼辣性子，那会儿怎么会喜欢上他？或者说他们怎么会相互喜欢？这也真是让人想不到。各花对各眼，世上的事儿确实不好说。

我被养在他们家的时候，表哥特别疼我，不用我二姨和二姨夫交代，他处处让着我。你能感觉他发自内心对我的接纳，好像我从来就是他自己家的妹妹。那时因为我瘦小，觉得他好高大。现在他明显变老了，不但头发白了很多，眉毛胡子也星星点点地白着，背也有点驼了。他对着我笑的时候，我突然有种想哭的感觉。想起有一年下大雪，他去学校接我。他嫌我穿得单薄，不由分说就把自己的棉袄脱下来裹在我身上。路上的沟坎被大雪封平了，我不小心踏进一个坑里，半截身子都被埋进去了。他将我捞出来，顺势提起来扛在肩上往家走。大雪漫天，天地间晃动着我们兄妹俩，那情景我一辈子也忘不掉。我踢腾着要下来，怕他累着，他反而跑起来。

不知触碰到哪根神经，我咯咯咯咯笑起来。他不知我为什么笑，却也跟着笑起来，越笑越止不住。他把我放下来，我们俩索性一边打着雪仗，一边大喊大叫大笑着往家跑。我表哥一向讷言，仿佛是被压抑得太久，需要来一次宣泄。毕竟是两个小孩子啊，生活的困窘过早让我们成熟到沉默。我们就那样疯着、笑着、闹着跑了一路。他笑起来的样子很生动，与平日里闷闷的模样大不一样，像是两个人。他只穿一件单褂子，却大汗蒸腾，头顶上都冒出烟来。那时他多么健壮啊！

想着这些，我扭头去看他的脸。他要是笑的时候，模样仍是周正好看。而他却闷着，无端地露出几分悲苦。

我说："哥，你还好吧？"

"挺好的呀！"他回过头来，又那样看着我笑了笑。

我说："哥，我回来之前见了燕子。"

我哥抬头看了我一眼，又低头去看自己的鞋子。他那双耐克运动鞋已经很旧了。我说："燕子给你买了新鞋，还有衣服。"

"哥，你看看你，蓝色的鸭绒袄穿成灰色的了，裤子也分不清是蓝还是黑。唉，家里又不缺钱。人不精神，整个看上去都灰扑扑的。"

"燕子自己有主张，念完硕士说什么都不继续读博了。她妈不用说，那继父对她也是真心疼爱。那人好，不知道的都以为是亲生的。"

"只要孩子过得好就行。"可能是天有点冷,我哥笑了一下,嘴巴有点僵硬,好像机器人在说话。

"她先在我的公司跟着小姑姑做财务,干得挺不错的。"

"不添乱就行。"

"这个女婿名义上说是我妈牵的线,其实是他们自己对眼。"

"男孩子是我看着长大的,这次回来燕子特别吩咐我,当面和你说说,他们准备五一把婚事儿给办了。"

他抬头看了我一眼,停了一下又低下头去。我靠近他,掏出手机给他看前天在家里拍的照片。他扫了一眼,并未认真看,说:"你说好就好,她自己满意就行。"

我盯住他的脸,说:"哥!"他嘴里答应着,却不停下来看我。

我加重语气再喊一声:"哥!"

他这才停住脚步,抬头望着我说:"三妹,你说吧。"

"哥,亲家李轩是我餐饮公司的股东,也是我的义兄。李轩哥一家子的人品你只管放心。子昂那小子大学读完,准备在他爸的公司做,现在他爸慢慢地把担子都压给他了。真没见过这么上路的孩子,不抽烟不喝酒,对咱家闺女好得不知道该怎么说。那轩哥和叶子嫂子也拿咱闺女当心尖子一样。

咱们家真是好人遇着了好人。"

"唔。"这次他似乎真的开心了，笑容一闪而过。我好像捕捉到了一丝过去的痕迹。

"我知道了，你做主的事我没意见!"

我希望他就站在这里，再跟我多说几句，我很想拉拉他的胳膊。可是说了这句话之后，他还是低着头慢慢往前走了。

我心里说不出来的难受，眼睛也湿润了。

七

姚水芹最关心的是房子问题，若是刘老板肯借给她房子，她的心病就解决了。现在她每天做完活计都要回到赵伟峰那里去，不过回去的时候她已经吃完饭，总是带些刘老板家里剩下的饭菜回来，也有很多没动过的菜。如果剩下的菜少了，她也会多切点肉放在里面。有时在包里塞上几个新做的包子。这些事情她都会如实告诉刘家夫妻，不过这些小来小去的东西他们根本也不在乎。她把这些东西带给赵伟峰，够他一天吃的。

赵伟峰每天都等着姚水芹回来，等得内心焦躁。有时候回去晚了，他会对她发脾气，问她怎么回来得这么晚，姚水芹就会赔着小心安抚他，手忙脚乱地给他热饭菜。赵伟峰不吃，继续发脾气，说："你知道深圳是个什么地方吗？外地盲流巨多，治安又不好，你回来这么晚出了事情怎么办？"

姚水芹笑笑，心想，我口袋里从来不会超过一百块钱。况且我是个结了婚的女人。没有钱，没有漂亮衣服，也没有花枝招展的相貌，能出什么事儿呢？但她的心中仍然感动着，这个萍水相逢的男人是在关心她。住了这么久，他不要她一分钱，他是真心地关心她。除了他，姚水芹还真的不曾得到过这样的关心。她的父母把她嫁出去就不管了。她的丈夫对她不错，但也只是不打骂她，从来没问过她爱吃什么，没关心过她喜欢什么不喜欢什么。要说刘老板夫妻对她也不错，也会关心她。但那关心不是这关心，不是对一个人贴心贴肺的牵挂。

有时候，两个人在一起闷的时间长了，姚水芹就会唠唠叨叨把一些陈年旧事说出来。她觉得说出来她的心里就敞亮些。她的困惑，她的不甘心。像是说给赵伟峰，又像是自言自语。她每次说完，都会看见赵伟峰的眼睛水汪汪的。姚水芹就安慰他道："咱们乡下的女人可不都这样，有什么可伤心的呢？"

姚水芹每天回来洗干净躺在床上，就觉得自己是个干干净净的人。干干净净很重要，所以她最看重洗澡这个程序。她觉得在外面上班的她和回到家里的她，根本就不是一个人。外面的那个她，可以承受任何污泥浊水，因为她面对的只是她的工作。而家里经过洗涤的这个人，身体恣肆放任，自由舒展，前所未有地安逸，这个才是真正的她，属于自己的她。对于她来说，享受到自由也算是享福了。她是个没有欲望的女人，乡下艰苦的岁月早把她的欲望磨灭了。她不是不喜欢刘老板，但她知道他们之间的距离太遥远了，喜欢不喜欢都没有用的。她从来也不想从老板那里得到什么，那个体面的男人看得起她，给她怜惜和抚慰已经足够了，她不认为刘老板欠她什么。

姚水芹一直中规中矩地称呼赵伟峰为赵哥，她说："赵哥，年龄不小了，你为什么还不讨老婆呢？"

赵伟峰说，"没有钱，长得丑，谁肯嫁给我这样的？"赵伟峰的语气平淡，不像是在开玩笑。

姚水芹说："赵哥，你心眼周正，又有本事，怕是挑花了眼。"

赵伟峰前段时间走运，被一家工厂的老板看上了，现在去工厂做事了。

赵伟峰说："是真穷。我出生几个月，妈就病死了，我不知道她长什么样子。我爹是个瞎子，爹带着我们兄弟四个。老大娶了个瘸腿女人，我们打工挣的钱凑一起，给老二娶了个死了丈夫带俩孩子的二婚女人。老三都还没娶，妹子你说我这样的，谁家的闺女会愿意嫁给我？"

姚水芹知道赵伟峰他们家的情况，兄弟四个攒钱先给老大娶亲，然后依次往下排。老三还没娶上，到他这里自然还没着落——在农村，这样的情况并不鲜见。他们兄弟四个只有赵伟峰一个人读完了高中，他一心想考大学，可是连续两次都没如愿，于是就追随哥哥们来到城里打工。

赵伟峰那天突然说："我要找老婆，也要找个妹子这样的。长得好不说，人又贤惠能干。"

姚水芹笑着骂他道："赵哥我看你是想媳妇想傻了吧？都等到现在了，还不找个好的？再找个我这样的老妇女那不亏死了！"

赵伟峰得了姚水芹的骂，也不回嘴，只是脸红红地看着她。姚水芹心里一动，也禁不住脸红了。

姚水芹那一阵子心里天天盘算的都是老板的房子，可刘老板说了那次之后就再不提起，她有些失望。但是替人家想想，一定是有难处的。毕竟那是一套房子，不是一双鞋。姚水芹不好意思问刘老板，她忍不住把这事儿说给赵伟峰听，她说："我老板说了要借我房子住，为什么又老不落实呢？"

赵伟峰听罢，突然之间脸色就变了，他面色涨得通红，问道："你老板为什么要给你房子住？你做工，他付你钱。你说，他为什么还要借你房子住？"

姚水芹觉得很是诧异。赵伟峰从来都不是爱管闲事的人，她老板借不借她房子关他什么事呢？但是姚水芹因为和老板有了那种关系，心里发虚，倒像是对不起赵伟峰似的。

姚水芹说："赵哥，你是不知道，老板和老板娘，两口子都是好心人。"

赵伟峰说："你经历的还少，现在的老板有几个好人？你一定要提防着，他借你房子还不知道安的什么心！"

姚水芹知道他这话说得不怎么对头，但也不知道该怎么反驳他。于是就坐在那里，半天没有言语。赵伟峰看出来她有点不高兴，也不再说什么了。

有天晚上，赵伟峰很晚才回来，他去喝酒了。他回来的时候姚水芹已经睡熟了，他没有回自己的屋。姚水芹关了门却没有反锁，他推开门直接爬到姚水芹的床上去了。

姚水芹白天累了一天，睡得很沉。她在梦里回到老家去了。她的丈夫变成了另外一个人，穿着体面的衣裳，脸洗得很干净。他前所未有地温柔，他亲她的嘴，摸她的奶子，他说，水芹，我想你想了很久了。

姚水芹被一种新奇的温柔覆盖着，她的身体像花一样开放了，前所未有地幸福。但是她的膀胱被尿液涨得发慌，丈夫莽撞的挤压让她疼痛，她突然就推开他坐了起来。

姚水芹坐在黑暗中足有一分钟才弄清楚她身在何处，弄清楚了身边这个男人是谁。她用力把他推下床去，然后她就哭起来，说："赵伟峰，这城里连你都不是好人吗？"

赵伟峰喝得太多了，坐在地上就起不来了。他大着舌头说："你以为你是个好人吗？你老板为什么要给你房子住？你以为我看不透？"赵伟峰骂完，就倒地睡着了，他躺在姚水芹的床下，呼噜打得山响，吹出的酒臭气能熏死一头肥猪。

姚水芹不哭了，她穿好衣服抱着床单在小客厅里坐了一夜，再不敢睡了。她刚才又哭又喊，却没有太多的眼泪。她奇怪自己心里并没有太多的忧伤，甚至愤怒大部分也都是装出来的。赵伟峰骂得不对吗？她这样算不算人尽可夫呢？想到这儿，她才真正有点伤心，但是很轻很轻。她站起来走到浴室，站在花洒下仔仔细细洗干净自己，心里竟然生出一种快意。她想起了梦金子，更加理解了她的生活。这就是城市，她虽然进城不久，不知不觉间，却分明被另外一种生活改变了。

刘老板对姚水芹很不错，时时事事都有一点刻意的小体贴，比如关照她多喝水，让她吃新鲜水果。没有其他人的时候让她一起坐在餐桌上吃饭，为她夹菜。

每次事儿完毕，刘老板都会温柔地对她说："你还年轻，要学会爱惜自己。有什么事情就告诉我，我一定帮你。"

话常常就在嘴边堵着，但临了姚水芹想了想，房子的事还是不能提。

　　刘老板总是在白天要她，他也只能在白天要她。这让她有种新奇的感觉，她身体不放纵，但是心中并不抵制。与丈夫比起来，他让她觉得愉悦。姚水芹从刘老板那里知道了做爱、高潮、叫床这些词儿。知道了怎样打开自己，让身体慢慢感受。她是一个正常的女人，她还年轻，城市生活让她丰富，也让她孤独。她知道这不是光彩的事儿，但也不觉得是什么罪过。不过，从赵伟峰喝醉骂她那次起，她就一直在想一个问题。这个问题其实很早就存在她心里了，那是她想问梦金子的，她算不算一个婊子？而今天她该问的是自己，算不算一个婊子？

　　从那天起，姚水芹都不再和赵伟峰说一句话，也不再带任何吃的东西回去。她不是生气才不带，而是觉得赵伟峰从内心里看不起那些东西。而赵伟峰却像什么事情都没有发生过，仿佛他根本不记得那一晚上的事情。

　　姚水芹每天都早早把小屋的门插上，她把自己的行李都收拾好了，一找到房子就走。

　　她去了梦金子那里，可是梦金子已经走了，连工作都辞了。

　　姚水芹的心在傍晚的辉光里忽然变得凄惶无助，她将身子依在她和梦金子住过的房门上，哀哀地想，梦金子是找到给她买房的男人了吗？

梦金子是个算得上年轻的女人，她没有嫁过人，她有本钱。她所拥有的，姚水芹什么都没有。而且她还有丈夫有女儿，永远都不会有人给她买房了。

姚水芹再也不想看到赵伟峰，她现在觉得他很脏，从外到内都是脏的。骨子里他还是一个乡下人，他的那些体面都是装出来的。赵伟峰平时爱哼哼两句豫剧，姚水芹原来很喜欢听，觉得他是有情趣的。现在听到他喉咙里发出任何声响，她都觉得厌恶。她早上早早走，晚上在外面转悠很久才回去。可她暂时没有地方可去，她已经看了几处房，有四百的，有五百的，是她每个月一半的收入，她实在舍不得。

姚水芹一天天腻烦着，却一天天忍挨下去。她每天都对自己说，明天一定走，第二天却仍然还得住下来。她每天夜里躺在床上都禁不住悲哀地想，母亲说的没错，穷人，穷人，什么叫穷人？缺囊少气的，这就叫穷人！

日子尴尬地挨延着，赵伟峰那天是喝多了酒，若是他能说上一句道歉的话，她也许会好受一点。赵伟峰却什么都不说，好像没那回事儿似的。姚水芹就暗暗骂自己，真是没囊气啊，你不就是赵伟峰骂的猪女人？难道遇不到赵伟峰就得睡马路上吗？明天一定得找地方，四百就四百吧！

这座城市临海，白天再怎么热，太阳落了之后，跟着风就凉爽起来。姚水芹喜欢这里的夜晚，她在道边的市民公园坐上一坐，一两个小时就过去了。下班之后，她是自由的，不用操心地里的庄稼，不必伺候圈里的猪。她很穷，租不起一间属于她一个人的屋。但是她白天的劳动受人尊重，她吃得很好，她穿的是在乡村见都没有见过的漂亮洁净的衣裳，她做一天活就能挣一天的钱。到了晚上，所有的时间都是她自己的了，她自己也是她自己的了。她一个人坐在路边的公园里听风，鸟儿夜间的呢喃显得很遥远，过往的行人很多，但也无碍。他们与她统统都是不相干的。这个城市是孤独的，也是开放的，谁都倚靠不住，但谁也不会干涉你。她却仍然愿意在这里待下去。在她的不远处，有一对恋人在亲昵。他们的莺声燕语，有着暧昧的气息传过来。这就是爱情吗？她没有经历过爱情，在这个城市的夜晚她陡然想到了这样一个词——爱情。姚水芹的心中突然泛起一股从未有过的酸辛。过上了好日子，她的心竟然娇嫩起来！

姚水芹准备和赵伟峰商量，在她没找到房子之前，房租由两个人平摊，这样或许她会好受一点儿。她想好了，今天回去就跟他说清楚。她那天下班回来，没有看到赵伟峰，却在自己的小床上意外地发现一个皮包。式样洋气的皮包，让她的心狂跳起来。她在女人街里见到过这种包，要好几百元呢。她曾经想过，将来攒足了钱，就给自己买一个。她一直用着刘太太给她的那只旧包。她是劳作之人，用包用得费，皮子已经磨得透底了。没有包背着，人家还真不知道她有这么穷吧！若是背了床上这包，或许就像个城里的女人了。

包肯定是赵伟峰买的。可是，天啊，他不道歉，却买这么昂贵的包给她是什么意思？

姚水芹坐在床上想了很久，她决定把包还回去。姚水芹把包挂在赵伟峰的门把手上，她想好了，这不明不白的东西她不能要。可是包第二天又回到她的床上。第三天她再挂回去，仍然是又固执地回来。

这包是长了腿的！

姚水芹想，你赵伟峰哪怕说一句道歉的话，我就原谅你。她任那包在桌子上放了两天，她非常恼怒，恨不得拿剪刀剪碎它。可到了第三天，心中反而发了横，我明天干脆就背上！看能咋的？

姚水芹把她的几样小东西真的就装进了包里，把包背在身上试试。她看着镜子里的自己一下子年轻了许多。在包上身的那一刻，她觉得赵伟峰终于从她身上下来了。

姚水芹的心里热辣辣的，她觉得在城里还真有点儿意思，真是好。

八

我和大姐夫回到家的时候，大姐已经做好饭了，一个肉丝炒红辣椒，一个木耳海米炒白菜丝。主食是一盘素煎包，底子炕得焦黄。还有一盆紫菜蛋花汤，黑黑黄黄的热汤上，细细地撒着一撮青蒜苗儿，看颜色就觉得好喝。我们家的人都天生的好厨艺，再怎么简单的饭菜，也能做得像模像样。但说实话，这样的饭菜招待远方的客人的确有点太寒酸了。

大姐夫看看菜，看看我，又看看大姐。大姐解下围裙扔在椅背上，用手捶着腰说："我们眼下比不得三妹，山珍海味人家顿顿吃。小户人家就这样，从小就在一个锅里捞稀稠，她啥不知道！"

我连忙说是是是，我现在吃得很少，减肥呢。

大姐夫拍了一下手说："哎呀忘了！早上我起来专门给三妹买的她爱吃的烧鸡和合记牛肉还在冰箱里呢！"

我心里一热。大姐却有点嗔怒地瞪他一眼说:"那你还不赶紧拿出来?"

我也好几年没回来了。大姐虽然也比过去老了,但她吃得胖,看起来满面红光,好像跟大姐夫不是一代人。吃饭的时候,大姐跟我郑重地说起父亲墓地的事儿,她说母亲已经给她打过电话了,让她出十万块钱。

我故作轻松地说:"要说这事儿早就应该办了,老是让咱爸挪来挪去,连个固定的地儿都没有,也不合适。"

"这事儿是不是你的主意?"大姐瞪着我问。她跟母亲一样,从小到大就用这种口气跟我和二姐说话。

大姐夫低头给我夹了两块牛肉,又给我盛了一碗汤。虽然他没抬头,但我知道他在小心地听着。

"不是谁的主意,关键是这事儿应该办了。"我也明显感觉到大姐的话里有情绪,便努力显出不在乎的样子,"妈跟我和小妹商量,我们都同意了。"

"你们同意,我同意了吗?反正我是拿不出来这么多钱!"大姐忽然涨红了脸,眼里竟然涌出了泪来。她把筷子拍在桌子上,索性捂着脸哽咽着哭了起来,"我们比不得你,十万块钱跟拔根毫毛一样。老大老二生孩子的生孩子,上学的上学。都是些造粪机器,睁开眼睛就只管要钱,四处都是用钱的地儿。我和你姐夫都不干了,你们觉得我会屙钱啊?"

"大姐。"我看着她，一时不知道说什么好。她用"你们"这个词儿，更是让我觉得刺心，好像我们是合着伙儿来勒索她似的。什么时候母亲被划到我的阵营里来了？我和母亲，能是"我们"吗？

"三妹轻易不回来，你不会好好说话啊？"大姐夫想劝她。

"你出去！"她不容分说地尖声向大姐夫吼道，然后用手指了指门口。

我怕大姐夫尴尬，说："您先出去吧姐夫，没事，我跟大姐说说话。"

大姐夫出去了。大姐从座位上站起来，又一屁股坐在沙发上。她忘记了沙发上都是孩子的衣服，又像烧着了似的跳起来，换到另一个沙发上，用手拍着沙发扶手说："用钱的时候才想起来我是她闺女了？那时候咱弟弟卖房子，卖给人家要十六万，卖给我，她非撺掇着要十七万。你想想，我还是她亲闺女吗？"

大姐说的这事儿确实是母亲干的，当时弟弟在开封开饭店正缺钱，准备把这里的老房子卖了，对外要价是十六万。大姐知道了想要，来跟母亲说，意思是看能否再便宜点儿。母亲不晓得大姐知道底价，好像还很偏向大姐似的，把价格说到十七万。大姐气得脸都白了，房子也没买。一万块钱在当时不是个小数目，事情已经过去这么多年了，她还在为这事较着劲。

"还有你！"她忽然用手点着我，对我怒目而视，"你这样干，有意思吗？你以为我不知道是吧？"

"我？"我一脸无辜地看着她，"我怎么了？"

"你怎么了？你知道为什么从小到大我和妈都不喜欢你吗？你心里藏的东西太深！你明知道这个事儿办不成，至少不是这么办的。是我、你二姐还是咱弟弟，谁会拿出十万块钱来？可你为什么还非要撺掇母亲给我们都打电话呢？你这就是为了看她的笑话！你就是想证明给她看：这事儿都靠不住，最后还得靠你！这个家都得靠你！"

我的头好像受到重重一击，有点眩晕的感觉。她说的也不完全是错的，开始我的确就是想让母亲看看每个孩子的态度。她一辈子说一不二，也该清醒清醒了，该让她为她的自负难受一下。但后来也的确是母亲的态度变了，她说让儿女各自尽孝心，也是事实。我满脸委屈地说："大姐，这事儿真不是我提议的，是咱妈说让每个儿女都为爸尽点孝心。您别想多了。"

大姐的口气也慢慢缓和了下来，但吐出来的话却更狠："三妹，你用顺从来抵抗她，你用孝顺来折磨她，你以为我们都看不懂是吧？你这样做不嫌累吗？她都多大岁数的人了，

你还要她，不放过她？再说了，"她冷笑一声，"她现在想要
我们对咱爸尽孝心了，当时你们小，不知道，可我能不清楚
父亲是受了什么样的羞辱才跑去投河的吗？她就是这样指着
父亲的头，"大姐的指头几乎戳到我脸上，"她那天说，你要
是有一点囊气，就扎河里死了算了！"

她看着我惊愕的表情，放缓了语气："当然，她也没想
让父亲真的去死，只是图骂着痛快。可父亲却真的死了。父
亲死了，死得那样难看，她落了一滴眼泪吗？家里死一只羊
都比父亲死了更让她伤心！"

她一口气说了这么多，突然就安静了，似乎也痛快了一
下。

我心中波浪滔天，恨不得放声大哭一场。但我脸上依然
平静。我说："大姐，我记得父亲出走那天我们几个挤在一
张铺上睡觉，你是看见了还是亲耳听到了妈那样骂过爸？"

大姐脸红起来："还用亲眼所见吗？全镇子里的人都知
道。"

"全镇子里的人看见了还是听到了？"

"咱爸出走那天他们吵架是事实吧？"

我停了老半天没说出话来，这也是我这些年解不开的结。
可能大姐夫听见屋子里声音小了，他推门进来了。我把大姐
重新拉到餐桌边，把她的筷子捡起来擦了擦递给她，笑着安

慰她说："大姐，这事儿咱们几个还要商量着来。如果你现在真拿不出钱来，我先替你出了。"她不说话，大姐夫也不敢说话。我继续说："现在我就是这样想的，就是想着把父亲的墓地买了，赶紧结束这件事儿。本来我已经考虑好了，这次回来处理我的房子，反正卖房子的钱我也用不着，就先给咱爸买块墓地，等你们以后宽裕了再说！"

"你们想买你们买，别说替我垫上的事儿！"大姐的火一下子又蹿了上来，"咱爸活半辈子就是个笑话！他还没让咱们家人的脸丢尽？好意思去占几十万一块的墓地？人死了就是死了，埋啥样他还能知道咋的？况且这能改变他带给咱们家的耻辱吗？"

"大姐！"我的情绪再也控制不住了，站了起来。她怎么可以这样说自己的父亲？过去我是没忘记，但也没记住什么。"咱爸已经死几十年了，他是什么样都不重要了，重要的是他给了我们几个生命。你只记着他带给我们的耻辱？你倒要说说，咱爸到底带给咱们家什么耻辱？"

"那还用说？"她的嘴张了张，却并没说出什么来。

大姐夫连忙把我拉坐下，用乞求的目光看着我。我心一软，真的有点可怜他，于是就不再说什么了。

大姐一直没再动筷子，我和大姐夫也没动。屋子里的空气像凝固了似的，浓得化不开，让人喘不过气来。又坐了一会儿，我站起来，从行李箱里掏出一堆给新生儿买的礼物，红包装着的两万块钱。燕子给他们买的衣服单独用一个袋子装着，我刚才已经对大姐夫说了。我将这些东西一一放在客厅的桌子上。本来还想说点儿什么，但脑子里一片空白。

我甩上门，直接从楼梯走了下去。快到一楼的时候，大姐夫才气喘吁吁地撵了下来。我莫名其妙地对大姐夫说："哥，过日子不是靠忍的。她要一直难为你，该打就得打。男人不能软弱，软过了头就是窝囊，别像咱爸！"

我哭了，大姐夫也流泪了。

九

　　姚水芹再也不让刘老板碰她了，她千方百计躲避着他。有一天刘老板又从后面抱她的时候，她把他推开了。她说："刘老板，过去的就过去了，往后我得干干净净地做人做事儿。"

　　刘老板很诧异，问道："你说的什么啊？"

　　姚水芹打断他说："我说的是你要尊重我。你再这样子我就辞工！"

　　刘老板说："姚姐，你是为房子的事儿吧？"

　　姚水芹说："曾经是的，现在不是了。"

　　刘老板叹了一口气，说："你是个好女人。"刘老板尽管喜欢她，但是这个外表软弱、内心强硬的女人让他不敢轻举妄动。刘老板说，我一个月再给你加一百元薪水，没有其他意思。

姚水芹想都没想，说，可以。

赵伟峰的小屋白天是空的，他们都出去做活了，现在晚上也是空的，姚水芹总是到很晚才回来。赵伟峰等她，不管多晚都在路口等，见了面却又都不说话，姚水芹仍然不肯和他多说话。赵伟峰这样等了一阵子，就不再等了。他出去喝酒了。赵伟峰每天带回满屋子的酒气，他喝酒和不喝酒绝对不像一个人。喝完酒就是个流氓，赤裸着膀子去冲凉，撒尿的时候门都不关，说起话来脏字不离口。姚水芹倒还真不怕这个，她怕他温柔。她冷冷地看着他，任他胡作非为，既不招他惹他，又不声不响地干自己的事情，像没看见这个人一样。

有一天晚上，姚水芹已经睡下了，听见赵伟峰又喝醉了回来，在洗手间吐了半天就没动静了。姚水芹怕他出问题，爬起来看看，发现他趴在马桶上睡着了。那一刻，姚水芹的心剧烈地疼起来，她想起了他的好，同时也为他担忧，其实她这些天心一直都在揪着。他这样喝酒胡闹，挣的钱糟蹋完都不够。他的身体会垮掉，他的工作也会丢掉。再这样下去，他真的会堕落成坏人。

姚水芹明白，她其实完全没有必要替这样一个不相干的人担心，但是她管不了自己。曾经，赵伟峰是一个多么干净整齐的男人啊！大家都尊重他。他那样耐心地指导姚水芹做活，他借房子给她住，为她一个单身在外的女人担心，怕她晚上下班太晚遭遇危险……他对她好，她长这么大都没有人对她这么好过。他是因为她姚水芹才变成这样吗？我姚水芹怎么可以不负责任地一走了之？

姚水芹因为长期受着这样的煎熬，几乎从来没有睡好过。那天中午做完了活儿，就在刘老板家的客厅里眯了一会儿。老板和老板娘都出去应酬了，一般情况下他们不会回来。她觉得热，就把上衣的扣子打开躺在沙发上。刘老板是什么时候回来的她根本不知道。他抱住了她。姚水芹抵挡了一会儿，就任他去了，那时她心里一片空白。

老板娘就是这时进了屋子。她打开门，丝毫没有犹豫，抓起一个花瓶就砸过来。花瓶把姚水芹的头砸出一个大血包，落地之后粉碎了。

恶骂声骤然而至，像暴风骤雨。

看姚水芹没有告饶，老板娘又抓起一个水晶烟缸。幸亏她的胳膊及时被老板抱住，厚实的烟缸在姚水芹的脚下落地，竟然没有碎。若是砸在头上，后果可想而知。

刘老板说："还不起来快跑！"

姚水芹说："我不跑，我为什么要跑？"

老板娘气不打一处来，挣扎着再次去找东西，又被老板抱住了。

刘老板说："你快跑啊，你要干吗啊你？"

姚水芹说："把工钱给我结了，你们还欠我工钱！"

刘老板看着她，央求道："你快走吧，钱我保证交给你公司！"

"这呢？"姚水芹指着自己头上的血包，"不算工伤吗？"

老板和老板娘看着这个不卑不亢的女人一下子呆住了。老板娘知道碰上了不好惹的茬儿，再闹下去也不会有什么好结果，就骂骂咧咧地上楼了。刘老板拿出一沓钱放在桌子上，不知所措地看着姚水芹。

姚水芹说："别以为我会讹你们，我只要属于自己的。"她拿起钱数了九百，把剩下的又扔在桌子上。

姚水芹并没有自己出去租房子，她打消了出去租房的念头。她想，反正我就这样子了，找不找房子出去住有什么意义呢？再给我一个什么房子，我也回不到过去了。

姚水芹打电话给丈夫，她明确无误地告诉他要和他离婚。

她丈夫说："你是不是外面有人了？"

姚水芹说："你说有就有吧！反正这婚是离定了！"

她丈夫说："家里土地已经全部被政府征用了，村民都搬进了政府给建的新小区，住上了楼房。日子过好了，你还是回来吧。"

姚水芹的心剧烈地疼痛了一下，她再次肯定地说："离了吧，是我没福气。"

她丈夫口气像是在求她："我怎么给老人和孩子交代呢？"

姚水芹说："你把我说好不容易，把我说坏还是什么难事儿吗？"

姚水芹的丈夫什么都没再说，他同意了离婚。其实，他对于和姚水芹的这桩婚姻，也说不上有多么舍不得。当初娶个媳妇也是过日子，媳妇不想过了，他无计可施。都说他娶的媳妇长得好，他也没认真看过。离了婚，他连她的模样都想不清楚了。

姚水芹和丈夫离婚后松了一口气，她觉得分开来，再也不用背着沉重的负罪感生活了。往后，混死混活都是她一个人的事儿了。她每个月给女儿寄 200 块钱，前夫都原封不动地退回来了。

就是在这个时候，姚水芹发现自己怀孕了。她皮实，也没有多大反应，只管忙工作，忘记自己已经好久没来例假了，到医院检查才知道怀孕了。都三个多月了，医院不给打胎，说月份大了只能做引产。她这么一个失去了家，一无所有的离婚女人，该怎么办呢？娘家也是回不去了，就算她不怕自己丢脸，爹妈怎么在村里做人？她就是个卖力气的，孩子能生下来吗？往后带个私生子在城市里生活，她有多大能耐？

那一天，姚水芹在海边坐了一夜。之前她给赵伟峰留了个字条，委托他把她这几年攒的钱送回去交给她女儿，并没有说自己怀孕的事儿。天快亮的时候，赵伟峰找见了她。他也是一夜没睡。

姚水芹和赵伟峰结婚了，七个月后生下了他们的儿子。

姚水芹和赵伟峰结婚后，生活过得很是顺遂。他们白天做工，晚上牵着手出去散步。休息日，他们也像城里人一样去爬莲花山。他们像两条流浪的鱼，在这个城市里相遇、相知、相爱。他们的生活才刚刚开始，好日子还在后头。姚水芹觉得一直到她和赵伟峰结婚后，才终于知道了什么是爱情。

姚水芹把她的故事给我说了整整一天，我终于明白了她为什么要向我透露这一切。她现在在他乡，本可以忘记过去，隐瞒历史。她那一天流的泪水，足足可以洗涤她的一切。她恳求我道，她和泥鳅现在日子过得这样好，但是十几年来没有一天不想念女儿。她和赵伟峰结婚的第三年，又生了个女儿。条件渐渐好了起来，对孩子都是父疼母爱地捧在手心里，越是这样她越是觉得对不起燕子。她给前夫，也就是我的表哥写了无数封信，都石沉大海，他一个字儿都没回过。姚水芹知道我小时候被二姨抱养的事情，知道他们听我的。她说她和泥鳅商量好了，想把燕子接到深圳念书，毕竟他们能给她最好的条件。她要是愿意出国留学，他们也会送她出去。若是将来毕了业她愿意回河南，报答自己的父亲和爷爷奶奶，她也尊重她的选择，毕竟她是奶奶一手带大的。

十

　　关于父亲，我只听二姨只言片语地说起过。那时她已经是胃癌后期了。我负担了全部治疗费用。可她做了胃切除手术后，受不了化疗的折磨，坚决拒绝继续治疗，回到家里养病。

　　人常常就是这样，你对他非常好，他未必会还报你的好；而对你有恩的人，你也未必会报答得了人家的恩情。我觉得我对二姨就是这样，除了每年打几个电话，回到郑州的时候去看看她。所谓看看她，无非就是给一点钱，拼命让她接受，几乎就是强迫了，为着让自己安心。我曾想接她到深圳跟我住，我母亲坚决反对："她又不是没有儿子，你接她来算什么？再说了，还有你二姨夫，总不见得他也跟着来。"我母亲话说得咄咄逼人。这倒不是阻止我接她来的原因，我主要是害怕她过来，母亲那脾气，会让她整天心不落地。其实我心里很清楚，二姨那样责己的人，她哪肯真的来呢？

之前是我出面把燕子接去深圳她妈妈那里，她在深圳读完高中又去了加拿大留学。奶奶病重，燕子整天打越洋电话，抱着电话一哭就是半个小时。她牵挂奶奶，机票都买了，可那时正赶上硕士考试，全家人都说服她不能放弃学业。我有时看到二姨的孤独，真不知劝她放走燕子去找她妈是对还是错。二姨想得开，她总是说，孩子能过上好生活比跟着他们受委屈好。我二姨从来不说别人的不是，可有一天和燕子通完电话，她说："毕竟是她亲妈，我们哪一天说死就死了，孩子跟着谁去？你大姐那人，对孩子从来没个喜色。她惦记她那点家产，怕燕子分了她儿子的。"

我从来没有专门为二姨回来过，更没有在家陪伴过她。我让燕子安心考试，我回去照顾二姨，我不能放弃最后陪她的机会了。我丢下手头的工作，专门从深圳赶回来陪她，不管需要多长时间。

她已经消瘦得不成样子了，但精神还算好，经常断断续续地跟我聊过去的事情，聊我姥爷，我母亲。"你妈这一辈子，也不容易。"我二姨一辈子都不会说自己的好，更不会说别人的不好。

我给二姨熬小米粥，做手擀面，蒸鸡蛋羹，就像我小时候她喂我一样喂她。她吃不了几口，只是神情快乐了一点。

她催我回深圳，却拉着我的手一刻不肯松开。她依赖我，就像个小女孩。她没有闺女，我大姐肯定是指望不上。我哥有时回来看看，也只是看看，待不了多长时间，我姐的电话就会追过来。

我二姨夫比我妈小好几岁，却也老得不成样子了。虽然身体没什么大毛病，但也说不上好，不是这儿疼就是那儿痒。他费力地照顾老伴，老两口相依为命。我真担心，我二姨不在了他可怎么办呢？想想他那时候一口气抱着我走了十几里路，气都不带喘的。人，没几年好日子，就像二姨说的那样。

傍晚会有一段安静的时光，太阳落下去了，天还很亮。我扶二姨坐到院子里的躺椅上，看着倦鸟归巢，天一点一点地暗下来。啪的一声，一片梧桐叶子落下来，像是一头栽倒在地上。有一种锐疼刺进身体的某一处。隔壁邻居家有小孩在哭，是个口齿伶俐的女孩儿，也就五六岁的样子。她的哭闹里带着娇嗔，正是拥有全世界的年纪，那般理直气壮。我想到了我的女儿，她也是这样。哭起来无凭无据无法无天，感情竟然可以宣泄到如此畅快，哪是我们可以想象的啊！她们这一代人，生出来就含着金钥匙，享受万般宠爱。不过，总有那么一天她也会像我一样，坐在老人跟前，眼睁睁地看着亲人们一个个离开，却又无能为力。

我握着二姨的手，一个关节一个关节轻轻摩挲，有时候我们不知道怎么的就说起了我父亲。我没有打断她，也没有专门问过父亲的事情。我在她的叙述里慢慢地、小心翼翼地还原我的父亲，真害怕稍微多用一点力，父亲就消失了。但后来我发现，其实我的努力完全是徒劳的。在二姨的嘴里，我的父亲是一个矛盾体。有时候他是那样善良，踩死个蚂蚁都心疼，对人和气，甚至还有些儒雅；有时候他又是那么懒惰、颓废，让人哀其不幸怒其不争。在我母亲眼里，这些都还不是最重要的，母亲最恨的是他贪吃。听不得别人家里来客，他会在人家门前转几遍，生着法子也要去帮厨。那时正逢困难时期，谁家也不想多管一个人的饭。虽然他总能用简单的食材做出蛮像样的饭菜，但他不请自来还是让人家觉得是个笑话。遇到谁家有红白喜事，他就更不把自己当外人，不等请就提着菜刀找上门去。我大姐所说的耻辱，估计就是这个形象的父亲吧。除此之外，我还真不知道父亲曾经给我们家带来过什么耻辱。

其实，每个人都经不起认真打量，谁都有不堪的时候。只是，父亲遇到母亲，就像油遇到了水，妖怪遇到了孙悟空，她总是让我父亲现形。我有时候会走神，觉得现在的大姐夫，就好似当年的父亲。好端端一个体面男人，愣被大姐弄得一脸困顿。幸亏现在过的是好日子，吃穿用度不用忧心，大姐夫还不至于像父亲那样被羞辱。

　　"唉，你爸啊，"二姨说起我爸时候的表情，有时候看起来有些过于认真，反而让我觉得很陌生。她说的每句话都像是经过深思熟虑，字斟句酌的，这更是让我心里疑窦重重，好像她故意在回避着什么。所以她说的时候，我一字不落地听着，总是沉默以对，等她慢慢地表达完，生怕漏掉一个细节。"他算是生错了地儿，一辈子没跟人红过脸，也从来没见他说过别人的不是！"

　　"村里人都说他是个热心人，待人又得体！"二姨夫补充道。

　　而有时候她又会说："你爸确实是烂泥扶不上墙，也指望不上他。你妈一个人拉扯一大家子也真够苦的。如果不是他太那个，你想想你妈会那样对他吗？"

　　我接了她的话问她："二姨，我妈对我爸又会怎么样呢？"

　　二姨和二姨夫意味深长地看着我，他们知道我要打探的是什么。这么些年，特别是我们都成人后，亲戚们都回避这个话题。我二姨说："她能怎么样，无非是嫌他不争气。"

　　"他能怎么争气呢？那个时候要是能出去打工就好了，你爸也不至于没地方去。"二姨夫的话像点燃了我心头的一盏灯，是啊，我当初要不是出去打工会怎么样呢？可在那个时代，出个门都要开介绍信，哪里会让人出去打工？

我问二姨关于我父亲留下食谱的事儿。这事儿过去在镇子远近传得神乎其神，说我爷爷家曾经有一本秘传的食谱，传给了我父亲。我父亲又传给了我二姐。父亲活着的时候私下教过的几个徒弟开的饭店，都说是我父亲秘传的手艺。而且我家姐弟几个都开饭馆，也都有几个拿手菜。

二姨夫说："怪了，我整天和他在一起，从来没听说过你爸留下过什么食谱，更没听说过他教过任何一个徒弟。"

我记得我曾经就这事儿问过我二姐。我二姐说，父亲死前确实到学校给她送过一个本子，那本子上也确实写的都是做菜的事儿，是父亲自己写的。但她没有仔细看，父亲死后她珍藏着，有一天却发现本子不翼而飞。

一直到二姨去世后，她说的父亲"那个"，我才多少明白一点是什么意思。在我拼缀起来有关父母的图景里，父母这桩婚姻，两个当事人都不大愿意，完全是我爷爷强行拉郎配一手造成的。

我父亲生于中医世家，家庭条件优裕，从小到大都是衣来伸手饭来张口，没受过任何委屈。可我父亲除了会念书，其他心思全用在吃上了，常常偷我爷爷的药材炖鸡煮鸭。他卤的猪头肉能香一条街，做年食也样样在行。开始我爷爷看他聪明，对他寄予厚望。后来看他只在意庖厨，非常失望。但他打也打了，骂也骂了，儿子却终是不上进，最后索性由他去了。好在那时候爷爷家丰衣足食，也不在乎父亲糟蹋一点食材和药材。父亲尽着性子痛痛快快当了几年"少爷厨子"。

而我母亲虽然是个女孩子，但从小就被我姥爷送进了学校，成为县中为数不多的女学生。她在学校未念到毕业，解放了，我姥爷被当作恶霸被镇压。说起我姥爷，他的故事可以拍一部电影，肯定还得是加长版的。他出身优裕之家，自幼聪慧过人，过目不忘，完全可以考个好功名。但他志不在此，特别喜欢《东周列国志》里的人物，义字当先。他在乡里更爱出头逞强，喜欢当老大，仗着家里有钱，既喜欢仗义疏财，也热衷于抑富济贫。有人对他感激涕零，也有人对他恨之入骨。我姥爷被枪毙那一天，传说跪了一街筒子人，求上面手下留情，都是受过他恩惠的人。

我母亲自小就随她父亲的性子，敢作敢为，倒也是个自立自强的主儿。父亲被镇压，她一点也不觉得羞愧，竟然指挥着愿意帮忙的人给爹爹办理了丧事，像送别一个正常人一样，丧礼办得有鼻子有眼儿。平日里出出进进，她腰板挺得直直的，小小年纪，家里家外都能独当一面。在全镇子上，也算是响当当的女汉子。我爷爷为此格外看好她，这桩婚事是过去爷爷和姥爷商量过的，所以尽管两个当事人都不满意，爷爷还是拿当年和我姥爷的约定镇着他们，逼迫他们结了婚。

在我爷爷的世界观里，说过的话，就是诺言。我母亲又如何不知道，我爷爷也是怜悯她，她这么刚强的女孩子，以她的家庭情况，还不知道能嫁个什么人家。即使他和我姥爷没有过约定，他也会义不容辞地照顾他的家人。

按照当时的形势，以我爷爷的家财和他在当地的影响，也足以被划个地主、富农。好在上天眷顾他，让他在我姥爷被枪毙后不多久竟然无疾而终。我父亲和我母亲，能走到一起，说起来也是惺惺相惜。我父母结婚的时候，家里的财产大部分都被充了公，只给他们留下了两间破房子和必要的生活用具。

开始母亲还把对未来的希望寄托在父亲身上，想着他出身大家，见过世面，应该有主见、有魄力，两个人齐心协力挑起生活的担子，没有什么过不去的。她哪里会想到，父亲眼高手低，说起来头头是道，干起事情来百无一用。所以家里的事情，渐渐地都要由母亲来做主。

后来我大姐出生，家里的日子过得更加紧巴。刚好有一个机会，外地的几个客商要去武汉贩药材，不知道怎么打听到我父亲懂这个，就找到他让他帮帮忙，一起去一趟武汉。母亲想着这是个好机会，就把自己千辛万苦攒的一点钱拿出来，把自己的金戒指都卖了，让他跟着人家去武汉长长见识。

临行前，母亲一夜未睡，帮他收拾路上用的东西。缝了一条腰带，把钱夹在里面。

天还未亮，母亲就擀好面条，把我父亲喊起床。

面条里放了细细的姜丝、葱花、麻油，还卧了几个荷包蛋。

"人家说这面越拉扯越长，"母亲用少有的温柔口气说，"人在外面，得想着家里。一定多长个心眼儿，不能光顾吃喝。要把人家的生意照顾好，咱们自己也赚点儿。"

"这你就放心吧！"父亲胸有成竹地说。

吃过饭，母亲提着包袱，一直把父亲送到路口，看着他和那几个客商会合，直到看不见他们人影了才回去。

还是十几岁的时候，我父亲曾经跟着他的父亲去过武汉。我姥爷那一次也去了，他们是到武汉三镇拜访湖北的几个朋友，在那里好住了几日，天天吃香喝辣，坐着朋友的汽车到处游逛。那真是一个光怪陆离的世界，景美人美，吃的也美。尤其是武汉的小吃，让父亲乐不思蜀，大饱了口福。

父亲跟着那帮人搭火车走到汉口已经是第二天傍晚了，他们草草吃了碗面就找地儿休息，准备第二天一早去药材市场。毕竟人家是来贩药材，不是来胡吃海喝的。但父亲被心里的馋虫勾着，哪里睡得着？看看一帮人睡了，他自己又溜到江边的小吃摊上一家一家地品味。吃到高兴处，也学旁边的人买了米酒大碗来喝。谁知道那酒喝着好喝，但后劲大。

等他想站起来的时候，已经醉得东倒西歪了。好不容易找到住宿的旅馆，天已经快大亮了。他把自己扔在床上昏睡了三天三夜。同去的人喊他不醒，见他不是个做事的人，也不再管他，把他身上的钱财洗劫一空，一去不回头。按后来母亲的说法，人家没把他扔长江里喂鱼，已经算是万幸了。

三天后父亲才醒来，看看身无分文的自己，一时间没了主意。那时做生意也不是光明正大的，他哪敢声张。后来他把自己身上值钱的东西都抵给旅馆才得以脱身，靠沿途要饭走回来的。母亲看见他蓬头垢面、衣衫不整地回来，只道是他被人偷了，不但没责怪他，反而还千方百计安慰他说，你不知道外面的险恶，第一次出去没经验，慢慢就学会小心了。

二姐和我出生后，家里的日子更难了。母亲找到我一个舅舅借了点钱，安排父亲去城里买一台缝纫机。她在城里上学的时候跟人学过一点缝纫，想把这个手艺捡起来挣点钱补贴家用。谁知道他去城里转了一圈，买了一辆三轮车回来了。

母亲看他煞有介事地骑着三轮车回来，样子看起来很是滑稽可笑，就耐着性子问他：“让你去买缝纫机，你怎么买个这东西回来？”

“这东西？这东西好啊！”父亲从三轮车上跳下来，像得胜回朝的将军，一边轻轻抚摸着三轮车座子，一边眉飞色舞地跟母亲说，“我去供销社问了，缝纫机要票，没有票人家不卖。这个不要票,这多好啊!多实用啊!给人拉点东西,既不用什么手艺,又自由自在,而且男女都能干。缝纫机就你自己能用,我不能在家闲着吧?"

母亲不但没生气,还就着这事儿,逢人便夸奖他有眼光、有头脑。

开始一段还真不错,父亲到车站附近给人家拉货送东西挣了点钱。每天见了钱,都完好地交给母亲。可巧有一天,他给镇上饭铺子送菜,卸货的时候看见大厨正在做菜,他一时技痒,讪笑着凑过去说:"老弟,要不我帮你干一会儿?"

大厨斜睨他一眼,说:"老兄,还是好好送货吧!这活儿哪是你干的?"

父亲便去找掌柜的。掌柜的也听说过我爸,只知道他过去老是去别人家帮忙,但没听说他在饭店做过。便对我爸说:"老兄,今天不行,这可开不得玩笑,外面好几桌客人等着上菜呢!"

父亲说:"不误事的,不误事的。"说罢就去菜案边站着。大厨正想看他的笑话,便把刀顺过来,刀把子递给我父亲。

我父亲接过刀,神情立马肃穆起来。他挽了挽袖子,并未急着下手,而是一边用磨刀棍细细地磨着刀,一边认真地看着面前点菜的单子,仔细盘算了一下,才开始切菜。也未见他有大动作，只见菜刀贴着案板，像小鸡啄食似的不停地动着。不一会儿工夫，他面前就规规整整摆满了肉丝、肉丁、肉片和花红柳绿的各种配菜。案上的东西准备齐了之后，他才开始开火、架锅、烧油。在父亲的操持下，一时之间只见勺子翻飞，碗盘叮当。平时蔫不拉唧的父亲，好像突然间换了一个人，简直像个音乐演奏家，把各种乐器调拨得如行云流水，荡气回肠。一会儿便把老板和大厨看傻了。

"我的天！"老板以掌击手，兴奋地喊道。

没多长时间，客人的菜全部做好了。菜案干干净净，锅灶也利利落落。这让掌柜的和大厨看得心服口服，半天才回过神来。掌柜的本来就是个二把刀，靠糊弄过路的赚几个钱。找的大厨也是一般的厨子，只能应付个粗茶淡饭而已。

"今天真是开眼了，想不到咱这里还有这样的高手！"掌柜的不住嘴地赞叹道，"人家多少有点手艺都去考厨师了，您咋没去呢？"

父亲就不能听到人家表扬他做菜好，这是他最高兴的事。他乘兴把大厨喊到跟前，把做菜的方法和火候一一讲给他，让他照着做。掌柜的也高兴，觉得我父亲实诚。待客人走了之后，让他拣拿手的做了几个菜，跟大厨三个人在外面坐了。

掌柜的说："今天算是遇到高人了。不知道能不能请大哥委屈到我这小铺子里，算给小弟我帮帮忙。"

大厨也在旁边，不住口地喊我父亲："师傅，师傅。"

我父亲说："很抱歉，这个我做不了。"他知道如果跟母亲提到这个，一个大男人家去做饭，母亲肯定会跟他拼命。

"价钱您只管提。"掌柜的说。

"不是钱的事。"父亲犹豫了半天，才黯然地回复。

掌柜的无奈，只好劝我父亲喝酒。父亲不喝酒，那天是心中郁闷，就不管不顾地喝了几杯，三个人喝干了两瓶烧酒。父亲喝了酒，仍和上次一样，头晕眼黑。掌柜的要找人送他，他大咧咧地说没事。两个人把他扶到三轮车上，他走了不多远，便一头栽到沟里，肋骨立时断了两根。

家里没钱，母亲只好把三轮车卖了，卖车的钱还不够治病的。母亲虽然脾气不好，但大事上总还是明白事理，人都这样了，她反而不再苛责，尽心给父亲治病。对于父亲喝酒，虽然坏了两次事儿，但母亲并没有过分责怪他。她觉得一个男人不吸烟，再不喝酒，就更没一点汉子气了。她偶尔说起我姥爷，一顿喝一斤酒，一点醉态都没有，说话滴水不漏，那叫一个威风！

但是出两次事以后，父亲再也不沾滴酒。他知道自己挡不住那一口。

看着他一个大男人整天无所事事，母亲暗自着急。想着他自小背过《汤头歌》，多少也懂点医术，于是就去托了镇上的一个人，让给他找点事干。这个人曾经是她爹的跑腿儿，和她家人关系很好。过去她爹也常常带他在家里吃饭。她爹被镇压了，这个人却因为在政府里有关系，被树成受欺压的劳苦大众的典型，后来当了干部。但他人倒不坏，当了干部之后对我们家还是比较宽容的，至少没有落井下石。我母亲去求他，他二话没说，就安排我父亲到镇上一个兽医站当临时工。要说这真是有点乱点鸳鸯谱，兽医跟人医毕竟是两码事。好在我父亲还懂点中草药，安排到兽医站，如果他愿意好好干，也说不定真的能干好。

但他去了不到半年就被开除回来了，还背了三十块钱的罚款。那时候的三十块钱，够一个家庭吃一年半载的。事情的经过是这样的：有个生产队的一头驴生病，已经病得走不成路了，用拖拉机拉到兽医站。那天刚好我父亲值班，看了看这头驴后，他说已经没有治疗的价值了。不知道他是想展示一下自己的手艺或者是可惜这头驴，他提议大伙儿凑点钱把驴买下来。五块钱买了一头病驴，杀了之后他配了煮肉的汤料，然后亲自下手卤了一锅驴肉。兽医站的人每人都分了一份儿。

后来不知为什么被镇上知道了，说是破坏人民公社生产资料，要追究兽医站的责任。兽医站的领导把责任一股脑推在我父亲一个人头上。他被开除不说，还被罚了三十块钱。

不过他那次出事儿以后，卤驴肉便成为镇子上的一道地方名吃，一直到现在都经久不衰。再一个就是我父亲会做饭的名声也传出去了。

为了这件事，我母亲大病了一场，好久都没迈出过家门。身体好了之后，她性格像变了个人似的，脾气暴躁得简直像一个炮仗，遇火就着，对父亲再也没有任何温情。"吃一回坏一回事，怎么就改不了这捞嘴的毛病？"

从此之后，我们家人再也没人敢在她面前说到吃的话题。没人在后面督促着，父亲也不再出门找事儿干了。不让说到吃，父亲又会做什么事情？后来形势越来越紧，私人馆子都不让开了，除了跟着参加集体劳动，又哪里有事情可做？天天浑浑噩噩混日子。后来发展到母亲在家里不管怎么对待他，他都跟木头人一样，装作没听见。

父亲死了很多年后，有一次母亲跟二姨哭诉道："如果他能出去拼一拼，就是把家里所有东西都输干，我也不会责怪他一句，他也不枉活一场！"

二姨夫在一旁说："人不能心气太高，那时候大家都穷，他有啥法子，如果能拼谁不想拼？"

我母亲翻着白眼抢白他道："都像你，杀一辈子猪，出息大着呢。"

二姨说："人各有命。你就是心太强，我嫁一个杀猪的，不照样过日子吗?"

说起二姨夫,母亲总是不屑一顾,她觉得好歹我爸也是个少爷出身。"不过,他一个大男人,天天在家里混吃等死,活着就是丢人。就这你还说我家的孩子教育得好、教育得好。好什么好?不都跟他一样,一窝子饿死鬼托生的!"

我二姨夫在我二姨病逝后的第七天死于心肺衰竭。我回到深圳还没来得及喘气,又飞回了郑州,帮哥哥处理后事。

在我母亲嘴里,二姨夫一辈子都只是个杀猪的,是个没丁点出息的人。可这个杀猪匠和我二姨恩爱一辈子——可能也称不上恩爱吧,平淡夫妻,一辈子没吵过嘴,但也没爱得死去活来过;从没大富大贵过,可也从不缺衣少食,相依相伴过了一生。二姨缺少我母亲的志向,从不巴望自己的丈夫或者儿子能出人头地。他们两个相依为命,都活到八十多岁。

对于他们的去世,母亲并未表示过多伤心,该做什么还做什么。只是说到二姨的时候,她会说:"要说不该啊,她比我身体好嘛!"或者说:"她这一辈子,过得也不值。"对二姨夫的死,她没有任何态度,问都没问过,自然没人知道她心里是怎么想的。我想,她不至于对食品站那档子事儿还耿耿于怀吧?

十一

　　二姐是在孤独中长大的孩子。在我们家，她虽然比我处
境好一些，但也不怎么讨母亲喜欢。为什么唯独我们俩不讨
母亲喜欢呢？虽然我们从来没在一起说起过这个事儿，但是
各自心里都有数。二姐贪吃，而且性子懒散。这是母亲最受
不了的。至于我，母亲说得更难听，她说我从长相到性格，
特别像我父亲。有一次忘记因为什么事儿，她跟大姐说起我，
她说，你三妹要是再长了胡子，活脱脱就是你爸又从黄河滩
爬回来了！

　　在我们家，二姐长得最漂亮，就是不爱说话，是我们村
有名的冷美人。我父亲最喜欢的也是二姐，暗地里夸奖这个
闺女像姑姑，是个大家闺秀的样子。二姐说，她不像我们几
个深受母亲的控制，时时处处孤立父亲。她不但不讨厌父亲，
甚至还有点喜欢他。因为他从来不打骂孩子，大小事说一句

狠话都很少。她说她喜欢父亲看她时的目光，柔软得跟兔子一样绵软的眼睛。打记事起她就喜欢腻着父亲，整半天整半天地拱在父亲怀里自个玩儿。父亲偶尔会给她讲些故事，猫姑姑的鱼汤之类的，反正都跟吃有关。猫姑姑给小猫做鱼汤，新鲜的鱼放上几朵蘑菇，再加上葱、姜……煮出白浓浓的汤，那个好喝啊，把小猫的肚皮都撑破了。每次故事还没讲完，二姐的口水都流出来了。母亲嫌二姐贪吃，也可能与这有关吧。

我母亲不喜欢二姐的再一个原因，就是她脾气特别倔，她自己不愿意干的事情，怎么说都不行，打骂也没用。有一次，她嫌母亲用我大姐的旧衣服给她改做的棉袄太难看，不愿意穿。母亲就把棉袄从她身上扒拉下来扔在地上，说，不愿意穿就别穿！大冬天的，她硬是穿着一件单衣去上学，回来冻得感冒了好几天。

不过，说她贪吃还真有点冤枉她，我觉得她只是好吃，最多是会吃而已。在吃的问题上她比较挑剔，喜欢吃的东西一定要吃够；不喜欢吃的东西，宁愿饿着肚子也不吃。本来在我们家"吃"就是一个最大的贬义词，是一种恶。而她不但贪吃，还把倔劲儿用在吃上，这让母亲更加愤怒。一个人对吃这么讲究，还有什么救儿？所以母亲刻意要在家里营造一种以吃为耻的氛围，并把这种观念深深地种植在我们的骨子里：贪吃的人都不是什么好人，都不会有什么出息。

　　我们对于父亲的疏离就跟母亲的这种教导有关。一直到现在，我们也避免在母亲面前谈论吃。虽然都开饭店，但是在家里闭口不谈饭店的事儿。母亲不管在任何时候、任何情况下，也绝对不会去我们任何一家饭店吃饭。

　　二姐是我们家唯一的读书读出功名的人，这让母亲以吃为耻的文化受到很大的冲击。收到录取通知，二姐也不向她报喜，通知书关抽屉里，一句话都没有。其实母亲早已经听说了，但她不说，母亲也不问。她曾经向我大姐抱怨道，知道是个不孝顺的，翅膀长硬了还不知道会咋着呢！所以二姐考上学，本来是给家里挣足了面子，应该在村里放一场电影祝贺一下，有人提起这事儿，母亲一口回绝了。二姐走的时候她也没送，一早就下地干活去了。

　　我借了一辆自行车，把二姐送到了市内的学校。

　　二姐财会专科学校毕业后，分配到区政府上班。她漂亮，又有文凭，一上班就被区里一个副书记看上了，想娶回家当儿媳妇。副书记找了个中间人，就是原来跟着我姥爷，后来在镇子上当干部、给我爸安排过工作的那个人。他来找我母亲。刚刚说明来意，我母亲便说："其他人说这事儿，我不一定答应。要是您说了，我信！"

　　母亲跟二姐说这门婚事的时候，带着几分得意，好像她立了好大的功。"看看人家的那个家，若不是不讲出身成分了，人家能看上咱？"

让母亲想不到的是，二姐死活不答应。她知道那个副书记的儿子是个混世魔王，打架斗殴不说，多少女孩都被他糟蹋过。

对二姐的拒绝，母亲眼睛都没抬，说："年轻人，哪个不昏上几年？看人家那家庭，父母哪会不操心？结了婚就好了。"我二姐说："人家家好，和我什么关系？我是跟人过，不是跟他家庭过。谁想嫁谁嫁，反正不是我！"

母亲气得站起来，指着二姐半天说不出话来。后来看见二姐往外走，她在后面跳着脚说："从小到大你都哭丧着个脸，等着我死是吧？人，说一句就得算一句！我已经答应过人家了。你要不答应，要么你离开这个家，要么我死。你看着办吧！"

二姐二话不说，收拾了几件简单的衣服，头也不回地走了。

就是那一次，那一年的农历七月二十六下午，母亲又一次气得犯了病，一头栽倒在沙发上，口吐白沫，人事不省。后来拉到医院抢救了半天，虽然并没有生命危险，但还是把我们吓得不轻。

最终二姐还是屈服了。

本来就是硬撮合的婚姻，再加上性格差异那么大，结婚以后两个人完全过不到一起。书记的儿子不务正业，天天泡在歌厅酒吧，经常是十天半月我二姐还见不到一次他的人影。但我二姐从来没回家诉过苦，跟任何人都没提过这事儿。后来还是我母亲看着不对劲，结婚几年了也没孩子。找人一打听，两个人基本没在一起住。母亲把二姐找回去问她，这些事儿为什么不跟她说。

二姐说："不想说。"

母亲说："那就立马跟他离婚！"

二姐说："不想离。"

母亲说："你说不离就不离了？"

我母亲实在咽不下这口气，到书记家跳着脚骂了几次。人家那家也不是任人撒泼的地方，立刻催着儿子离了婚。本以为我们家还会闹，我母亲一句话没再说。我二姐净身出户，带着自己的衣服就走了。

二姐离婚后，那家人倒是有点后悔，毕竟自己家的儿子什么样他们比谁都清楚。二姐与他结婚几年，从不吵闹，也没向家里提过任何要求。在单位更是低调内敛，踏实得像颗螺丝钉。穷人家也能教养出这般又懂事又有尊严的孩子，他们觉得很难得。

他们再找那个中间人来说合，被母亲一口回绝了。

二姐离婚后也没有回娘家住，而是住在区里给的一间单身宿舍里，像是什么事都不曾发生过，安安静静地过自己的日子。二姐后来找的这个人是她的同学，原来在西北当兵，执行任务的时候腿被冻坏了，是立过军功的。后来转业到地方上，安排在镇政府办公室工作。在学校的时候二姐倒没有怎么在意他，记不得他什么样子了。但现在他毕竟是当过兵的人，受过部队的训练，总是把自己收拾得整整齐齐，腰杆挺得笔直，办事利利索索，如果不仔细看，走路的时候完全看不出腿是受过伤的。二姐知道他的伤情有多重，他能坚持这个姿态，需要怎样的毅力啊！

这个人也很同情二姐的不幸，总是不动声色地帮助她。毕竟她的前公公还当着领导，虽然人家丝毫没有难为她，其他人却很少有人敢和二姐走得近。势利是人的本能，她也不怪谁。可大家的冷淡和明显的距离感，让后来的二姐夫感到不快，他就是那个时候走近二姐的。

二人相处久了，日久生情。他向我二姐求婚的时候，我二姐就提了一个条件，要求两个人同时辞职，不再看人家的脸子了。

他二话不说，先打了辞职报告。

母亲听说了这事，跟二姐闹得要死要活的。一家子人都上不了台面，好不容易出了这么一个体面人，说不干就不干了。又要找二姐的同学去闹，被我二姐呵斥住了："辞职是我自己的事，也是我要求他辞职的，你找人家说什么理？"

我母亲说："不是因为他你会辞职？"

我二姐说："我结婚是你选择的，离婚也是你定的。难道你还想让我再来一遍吗？"

我母亲气得三天不吃饭，病得一个月起不了床。

二姐他们两个人辞掉工作结了婚，在他们居住的村（那会儿已经叫社区）东边盘下了一个餐馆，主卖卤煮驴肉和牛羊肉类的食品。周围的人都说二姐的卤肉好吃，传说是我父亲给她秘传过食谱，得过我父亲手把手的真传。每当有人问起他俩的时候，他们都矢口否认。这让人家越发觉得这传说是真的，而且添油加醋，越传越神。

后来是我问她，她告诉过我，父亲确实给过她一个做菜的笔记本。她一直藏在家里，不知怎么的，那个本子不见了。我二姐找母亲讨要，母亲死不承认，说她没拿。二姐这种性格，倔起来谁也没办法，天天追着母亲要。后来把母亲逼急了，母亲说："你说是我拿的，就是我拿了。我塞灶火里烧了！"二姐更急，说："那是我爸留给我的，你凭什么烧了？"母亲劈脸给她一巴掌，把二姐打得一头撞在门上，头上立马鼓起了个大包。母亲说："我凭什么烧了？就凭我不想让你们成精！一个二个都成馋嘴精了！"

　　对于二姐的再婚，后来母亲再也没有干涉，可是她辞了公务员开饭店，真是让她吐了一回血，一下子老了好几岁，一个人关着门叹气："学还不是白上了？真随了你那死鬼爹。原本我就说她哪来的恁大福气，到底是盛不住啊！"

　　母亲一次也没去过我二姐的店，经过那条街都绕着走。逢年节走娘家，我二姐绝不带自己饭店的食品，带的都是超市里买的礼物。

　　也真让我母亲说着了，也许是遗传基因的作用，也许父亲留下菜谱这件事在我们心里深深地扎下了根，要不我们姐弟几个怎么不约而同都选择了开饭店呢？

　　二姐他们的饭店开了几年，生意很不错，也赚了一些钱。她却一路瘦下去，而且一直没生孩子。二姐夫拉着她去医院检查，结果发现患了甲状腺肿瘤，已经癌变了。虽然手术做得还不错，而且三个疗程的化疗做下来，二姐的身体并没有很大反应，头发也没掉。但二姐夫还是不放心，经常拉着她去全国各地的大医院找专家。二姐想着刚好趁着这个机会，也可以给二姐夫治疗治疗他的伤腿。于是两个人一合计，就把饭店转让给别人，老房子也卖了，买了一个旅行车，天天跑着求医问药。最近我联系了她两次，他们一次是在北京，一次是在天津。直到我要走的前一天他们才赶回来。

　　本来我在郑州鸿茂斋火锅店订了个房间，二姐喜欢吃涮羊肉。可是怎么说她就是不出去吃饭，我只好让火锅店把东西打包送到她家里来。

那天我到她家的时候，他们正在整理大包小包的中药，屋子里弥漫着一股药香。因为是逆光，或者是心理作用，我看着她瘦得像个影子一样坐在那里，禁不住一阵心酸。我屁股还没坐稳，她就说起母亲打电话安排父亲墓地的事儿，说早就该好好办了。然后，她手朝里面指了指，对二姐夫说："你去把东西拿过来给三妹吧！"

二姐夫站起来的时候，我才拿眼睛去打量他。他也比过去瘦了，但精神头很好。他身上有一股正气，因此看起来哪里都大方端正，和二姐很是般配。关键是两个人相敬如宾，日子过得很称心。不过到底上了岁数，能看出来腿走着还是多少有点不利索。他回到里屋，拿过来一个用报纸包着的大纸包，在沙发上打开，里面是十捆百元钞票。

"这是十万块钱。"二姐夫指了指那钱，然后怕羞似的缩回手，两只手来回搓着。

我"哦"了一声，站起来走过去，把纸包重新包好，放在二姐面前的桌子上。我说："二姐，姐夫，这个事儿你们不要管了，先抓紧时间看病。二姐，尤其是你，谁不知道你现在过的什么日子？这几年你们两看病估计把家里的钱都折腾差不多了。即使你们要出这笔钱，我也先替你们垫上，以后再说好不好?"

"那怎么行?"二姐生气地瞪着我，"谁也代替不了我，你也知道父亲跟我最亲。"说着她的眼圈红了，低下了头。

"我知道。等你们缓过劲来再说吧! 我这次来不是要钱的，就是过来看看你们。一直想让你们去深圳住一段时间，你们总是害怕给我添麻烦。自己一家人，能有什么麻烦呢?"我的眼泪也流了出来，在我们家，我跟二姐最好，"而且我跟大姐也说好了，我的房子卖了，钱也不存了，先把墓地买了，把咱爸安置好，以后再说好吧?"

二姐低着头没说话，也没再推让。

我怎么会不知道父亲对二姐最亲呢? 在我们家，唯一能跟父亲说话聊天的只有二姐。二姐跟我说过，父亲出走的那天下午，曾经专门到学校来找她。那时她还在上中学，他在学校门口旁边等着她放学出来。那是秋天了，他一个人瑟缩着站在离校门口很远的地方，害怕人家看见他。二姐出来没看见父亲，只顾低着头跟在其他学生后面往前走。后来她感觉有人在旁边跟着她，扭头发现了父亲，也不知道他已经等多长时间了。但周围都是同学，她也不好意思喊他，那时候的学生都怕家长到学校来，让同学们看到笑话。女儿在前面走，父亲就远远地跟在她后面，直到周围没人了，二姐才站住了。

父亲从怀里掏出一个夹了肉的馒头递给二姐，馒头里的肉夹得很厚，一闻就是父亲卤料的味道。那是他从人家酒席上带过来的，包馒头的纸油汪汪的。二姐接过来，感觉还热乎乎的。

两个人站在那里，父亲看着瘦小的女儿三下五除二就把一个大馒头吞进肚里，意犹未尽，父亲的眼圈顿时红了，一脸的惭愧，那神情好像是在说："姐，爸没本事，要是你早托生些年，想吃什么爸都给你做。"

俩人还没说几句话，远处又过来几个同学。二姐急得想走开，害怕被同学撞见。

"二姐，我想给你说个事儿，"父亲从怀里掏出一个红塑料皮本子递给二姐，"这个你放起来……"

那几个学生走得越来越近，二姐匆忙接了，没等父亲把话说完便扭头跑开了。

那是父亲和他的孩子说的最后的话，至于他还想说什么，永远也无从知晓了。

二姐说，她和父亲分开后就开始后悔了，以后很多年里，她一直为这件事情后悔，不仅仅是因为后来他死了。她说，当时她就非常伤心，一个寒瑟的父亲，特地来看女儿，她就那样把他撂那儿不管了。她应该让他把话说完，当时没想那么多，只是觉得以后还有机会。

"谁知道，再也没有机会了！"二姐每次说到这里，都会哭一次。

二姐讲了这一段故事之后，我曾经跟她讨论过这么一个问题：如果父亲不是自己活得没意思了，他为什么要跑那么远去学校找你，交给你那个笔记本？在家里完全有足够的时间，也有很多机会啊！可见对于他的死，他是有预见的。至于那天夜里跟母亲发生的争吵，最多是促使他下决心的一个因素。说母亲逼死了父亲，完全是无中生有的臆测。

二姐长长地叹了口气，说，那时候，日子穷困得没个头，咱们家又是那环境，还容得下他吗？然后又摇摇头说，别想它了，都过去了！

火锅把二姐家的温度升高了，她的新家还没开通暖气，空调功率太小。二姐解开围巾，脱了外套，我看到了她脖子上手术留下的疤痕。现在的外科技术好，倒是做得细细的不太明显。我站起来，把我脖子里的珍珠项链取下来要给她戴上，装饰衬托一下，刚好能遮住一部分痕迹。二姐坚决不要，使劲和我推让，脸涨得紫红，脖子上的疤痕变得更红了。二姐夫说："三妹真心给你的，你要再推让就生分了。留下吧！你也从没给自己买过一件首饰。"我眼圈又红了，我那里有一大盒子珠宝玉器。看看我身上的衣饰，再看看她。同是一个母亲生的，命运却有着巨大的差距。

想一想陡然心惊，我二姐相貌学问样样比我好，那时候我要不是被母亲逼得走投无路，也像她一样考个学校，然后找个人嫁了，我现在又会是什么样子呢？我二姨当初劝我的也许没错，难不成我真该感谢我母亲？

我说："这珠子不值几个钱。二姐是个美人，戴在她身上就是比我戴着好看。"

那是我年前刚买的南洋珍珠，十五毫米的金珠，我知道我要是说出来价钱，抵死她也不会要。

我对二姐夫说，该去给二姐添几样像样的衣服了，女人打扮得漂漂亮亮，运气都会跟着好起来。

二姐夫以军人的认真口吻说道："是的，年前后我催她七次了！这几年病着，她心都懒了。"

我笑了笑说："二姐，你过的是自己的日子，干吗总是跟谁赌气似的？"

她比我心结重，父亲的死，以及，母亲对她的干涉，一直都没有化解，沉积在她的心底。她没生过孩子，而且从小到大就没离开过郑州，天地不够大，眼下就这么个状况。我知道，我无法说服她，除非她自己走出来。

二姐这才不再推让了。她把珠子在脖子上转了一圈，问姐夫，好看吗？二姐夫笑了笑，点点头说："三妹说得很对，人就得打扮，看着精神。明天就去买新衣服，咱好马得配好鞍。"

二姐的情绪也好多了，对我说："三妹，现在咱妈最离不开的就是你了，你也够心累的。"

我笑了，说："天底下谁会信啊？她不是离不开我，是离不开小妹。"

"信不信由你。"二姐本来也想笑，但没笑出来。她下意识地摸了一下脖子上的刀口，"我最了解她，你别看她说什么，要看她做什么。她就是嘴硬。她为什么自打去了深圳一趟也不回来？"

然后她拿起我的手压在她手上，认真地说："别跟咱妈计较了，她一辈子就那样。她一直跟我过不去，更跟你过不去。我吧，生性就这样子。那时她可能觉得或许你能有点出息，能吃苦，也能忍。她就是怕你像咱爸，太没心劲儿了！她怕你什么都不要，什么都不争取，她是恨铁不成钢。她最崇拜咱姥爷，就怕自己的孩子像咱爸。"

我的泪涌上来，努力把它压下去。但是仔细想想，二姐的话也让我不舒服。她怎么也会像大姐一样，看得出来我在跟母亲计较？这话从大姐嘴里说出来我还受得了，从她嘴里说出来我很难接受。不过话又说回来，我不是也一直觉得二姐心里在跟母亲计较吗？

但我不能跟她辩解。虽然我无论如何也改变不了她母亲也是我母亲这样一个事实，但母亲从小到大这样对待我，总得有一个理由吧？我始终痛苦的不是她这样对我，而是她为什么这样对我。

但是我说的却是：

"她那样子对咱爸，我这些年也一直在想，咱爸又有哪样做错了呢？说咱爸给咱们家带来耻辱，连大姐也这样说。咱爸到底给咱们家带来什么耻辱？"

"那要看怎么说了，每个人看问题的角度不一样。"二姐若有所思地说，"算了，反正都过去了。"

二姐这话，让我更是难受，莫非她也曾经认为父亲给我们家带来过耻辱？

"我不认为咱爸给咱们家带来过什么耻辱，而且如果没有咱爸，咱们几个会开饭店吗？"我心里空落落的，有一种坍塌般的悲凉，"有些事情可以过去，有些事情永远都过不去。我现在琢磨出每一道菜，都会想，我这菜就是做给爸看的，就是想让他满意！咱妈整天讨嫌他，说他嘴馋，他要是活着，我就让他吃个够，龙肝凤胆我都给他买！"

一句话，说得我们姐俩的眼圈都红了。我们不敢看对方，眼睛盯着咕嘟咕嘟冒热气的火锅。后来还是二姐夫添菜，我们才结束了这难挨的沉默。

　　吃过饭，我们又说了一会儿话。临走的时候，我给二姐往桌子上放了五万块钱，说让她和姐夫看病用。她也没有推让。

　　第二天我回深圳是坐的飞机，我急着赶回去看看母亲的病情。大姐夫把我送到机场时，接到二姐的电话，她和二姐夫也赶到机场送我。二姐还收拾了一包东西，说都是母亲爱吃的咸菜什么的，让我带回去。我把东西塞进行李箱里，回到深圳才发现咸菜下面整整齐齐压着十五万块钱。

　　但是那串珍珠项链她留下了。

十二

我家小妹小五算不上漂亮，但很美。她是那种长得很洋气，既很中国也略微有点西洋人种的女孩子。听闻我的太祖母是一个传教士的私生女，眼珠子是蓝色的。我爷爷和我父亲出生后都未见异常，这隔了几代，到她这里却基因显现？小五脑门阔大，皮肤细腻白皙，弯眉细眼。鼻梁虽然不够挺，但嘴唇却饱满到阔绰。分开来件件桩桩都不出色，合拢在一起却是能魅惑人的那种。就说那翘翘的阔嘴，有人说到韩国整容，做一张这样的唇得二十万。她个头儿不算很高，却是腰细腿长。她这样的美女，稍稍装扮一下，就是混在一大群明眸大眼的女人堆里也是能撩到人的。她善戏谑，爱玩笑，男女老少通吃。她大咧咧地犯嗲，不是明目张胆，是天性就那样。她天生会打扮，又是天生的媚态，从小到大可没少招惹男孩，高中时嚷嚷为她跳楼的男孩子都能抓出一把。我母亲那么传统的一个人，偏吃她这一套。她怎么惹事，母亲都下不了狠手管教她，大声说两句她就哭得泪人一般，别的姊妹敢这样犯倔，早被打断腿了。还好这小五是个心智纯良的人，她通体透明，我妈又看得紧，竟然一直不曾学坏。

小五离婚后一直空着，来深圳后可没少交朋友。介绍对象的也有好几个。但结果总是不好，不是我妈不满意就是她自己不满意。我觉得在这件事儿上我妈很自私，恨不得她一辈子嫁不出去，娘儿俩就这样守着才好。

帅亮亮是她们俩在李轩哥家碰上的。我妈来深圳后没几个熟人，叶子嫂子怕她闷出病来，总是时不时地接她去家里玩耍一阵子。叶子嫂子没出来工作，儿女也都大了，她一个人也是闲得无聊。到她们家无非就是找一些人打打麻将喝喝茶，这生活在老家是我妈不能容忍的，但是在深圳，入乡随俗。老乡们忙的忙着，闲的没地儿去，只好这样打发时光。我妈识字，脑子又好使，每天稳赢，这大大提升了她的积极性。其实，叶子嫂子总是悄悄送牌给她。打牌事小，哄她开心事大。小五要是不上班时，也会一起去。她现在在轩哥那儿可比我得脸，陪吃陪喝陪玩乐，轩哥再忙都经不住她撒娇缠人。

那天深圳刮风，叶子嫂子把妈和小五接了去，约好的人却没到。叶子嫂子就打电话到公司让轩哥回来陪。轩哥不但自己回来了，还带回了一个男人。这男人一进门就电到了大家，小五更是花痴都犯了。男人也就三十出头的样子，五官生得齐整，身材也一级棒，穿一身纯白的休闲西装，里面配碎花衬衫却不扎领带，鞋子是枣红色亮革正装款的，看起来真是玉树临风。那时香港的大明星都是这样装扮，又大牌又随性。这哥儿皮肤滋腻，头发蓬松发亮，牙齿炫白，一看就不是生在普通人家。

"人家是北京人，轩哥介绍说是大领导的孙子呢。"小五回来激动地说给我听。我觉得她是遇见鬼了，或者是大白天做梦。这世上还有这样完美的事，把所有的好都给了同一个人？"真的姐，不信你问咱妈。"她的舌头都有点不打弯，一激动倒是不哆了。我只管看我的电视剧，我家老公乔大桥像个傻子一样给她点赞："小五说好一定是好！"

"看吧，我姐夫都信了。"

"你姐夫这样的傻子，你说夜里起来上厕所撞上张国荣了他也信。"

乔大桥仍然是笑着点头，他真的就是个傻子。

"瞎激动个啥呀，我觉得不是个实诚人。"我妈翻着白眼说。

我妈没说人家的样貌，却说人不实诚，这等于认可了帅亮亮确实如小五说的一样，的确是个高富帅。

"我的天啊！姐，帅亮亮是单身。他说他夫人前年得了淋巴癌病逝了，怪心疼人的。他不愿意说他家里的事儿，是我逼着他说的。"

我关了电视，捅了一下我们家乔大桥，我说："睡觉去，人家单不单身碍着咱们啥事？"

"看你吧，姐呀，我就不相信有我追不到的人。实在配不上嫁，我给人家当情人中不中？"

"我看你啥时候才会不疯！"我妈还少有这样和我妹妹严厉地说话，估计她觉得当着姐夫的面说这样的话太过分，"去冲个凉水澡，消停会儿吧！"

我睡到半夜醒来，越想越觉得可笑。我以为我这个妹妹是个低情商，对男人就那么回事，动起情来却如此好玩。估计明天早晨起床就给忘到爪哇国去了。

第二天早晨我起床，却见我妈一个人在客厅等我。我一露面她就急慌慌地说："赶紧去你轩哥那儿寻人去吧！昨儿折腾了一夜，今个天一亮就出门走了。不好好管着她，还不知道要丢多大的人！"我妈在小五那儿从来说一不二，结婚离婚全是她做主，她这样气急败坏我还是第一次见到。

但我还是嘟囔了一句："她那么大的人了，我能说管就管住？再者说了，从小到大你就惯着她，这一会儿想起来让她改邪归正了？"

她翻翻眼，瞪我一下，恼恨地扭过头生气去了。

话虽那样说，这事儿我还得管。我勉强处理了一上午公务，急得如坐针毡。轩哥对我们再好，也毕竟不是一个爹妈生的，在人跟前总得有点分寸。况且，在轩哥那里，我心中始终还是既保持着距离又维护着情谊，这是他敬重我这个妹子的主要原因。我真不想因为小妹而毁了我们的关系。午饭后我小歇了一会儿，也没带司机，自己开车去了轩哥公司。我装得若无其事。轩哥自然知道我是来干吗的，我妈一上午把人家电话都打爆了。轩哥说："你是为了小五的事儿吧？别管了，这事儿谁能管得了？也可能真的是缘分呢！"我白了他一眼说："是什么人啊，你就这样往一处带，也不怕出人命！"轩哥也不接我的话，慢悠悠地泡着茶。上好的单枞雅香四溢，我接了杯子慢慢安静下来。这么多年相处，轩哥的稳重我自然是知道的，他稳我就能稳。

那天晚上的饭是在轩哥家里吃的，叶子嫂子亲自上手做的菜。我见到了小五的神，确实帅得一塌糊涂，而且人极懂事，礼貌周至，低调谦和，并不似电视剧里高干子弟的嚣张跋扈，反而是彬彬有礼到让人招架不住。轩哥长得算是个体面人，可在他跟前一比，气势一下子弱下去了。我的脑子竟然也跑路，偷偷地想，当初轩哥要是长他这样的，没准我也会嫁了。轩哥的脸上露出一丝坏笑，意味深长地看着我。我脸红起来，难道我也花痴了？幸而他不会读心术。但显而易见，是小五一厢情愿地往人家身上贴，帅亮亮是躲着她的。轩哥说得没错，这事得让她自己死心，她追上追不上都是她的命，我们着急也没用。轩哥说帅亮亮在山东黄金集团工作，是他朋友的朋友的朋友。虽然不十分了解，但他们在北京聚过几次，认识好几年了。我装着回信息，在百度上搜了一下山东黄金集团。这家国有企业太大了，搜一个人恐怕不灵。但是我刚在公司信息栏里输入帅亮亮，个人信息一下子就出来了，还是个中层管理人员。年龄、身份都对得上，照片是二十几岁的，证件照本来就呆板，但能看得出是同一个人，倒是真人更好看一些。

那天我回去把轩哥的话对我妈说了，然后告诉我妈："由她去吧！追上追不上是她的命。"

开始我妈一下子就火了，过去的拗脾气又上来了，撇着嘴说："他是谁啊，还嫌弃我们哩？我们不嫌弃他就够了！"看见我不屑地冷冷地看着她，她兀自呆了半晌，说："这事儿可不成，咱可不能下作。你和李轩还得管住她，千万不能做下丢人的事情。"

我说："妈，小五还是个黄花闺女吗？结不结婚咱们可以参考意见，她谈恋爱我们还能干涉吗？"

"我可把话放这儿了，小五要有个三差两错，我就从你家楼上跳下去!"我妈的狠劲儿又上来了。

小五不在,我也没必要跟她客气,我说:"你讲不讲理?她一个大活人,是我能跟着还是你能跟着?再说了,小五若是真能嫁一个这样的,我还挺满意的。"

"人样子能当饭吃吗?你们都不会看人!"我妈生气地加重了语气。

我说:"小五要是真动了嫁人的心思,你能怎么着吧?"

乔大桥在屋子里看书,听见我们娘儿俩在外面叮咣了这半天,觉得不出来不合适,于是就走出来对我妈说:"妈你别着急,有我呢,我替你留心着小五。"他平时只是一团和气,说一些傻话,极少在我和妈谈事时接话茬。今天这么敢担当,也让我好奇。我推他一把抢白他道:"你留心,你怎么留心?你以为小五是个三岁的孩子?"

我妈停了一会儿,竟然哭了起来。我很久以来以为她根本不会流泪了,她的心干涸了,那里是一片荒漠。可为了女儿找一个对象,哭得惨兮兮的,至于吗?我妈一边哭一边说:"三姐你给我听好了,小五这事儿,丑话说头里,不结婚,这个人不能上咱家来。公司的账目你找俩人盯住,你难道不知道小五是个没心眼子的玩意儿?"

我险些被她逗笑了,我说:"人家是黄金集团公司的干部,会把咱们那点儿小钱往眼里夹?"然后我拍了一下大桥,

"大桥，往后小五不在家，你负责陪咱妈散步。咱妈怕是小五找了对象，担心没人陪她了。"

我妈接过大桥递过来的纸巾擦了泪说："那可不行，大桥还要辅导丫丫学习，我自己能行。"

"还有——"她补充说，"今天丫丫住学校，往后当着丫丫的面，谁都不能说小姨的事，别让那个死妮子带坏了孩子！"

天！这到底是怎么了？真是日头从西边出来了。我好半天才回过味来，这是我妈的话吗？我原以为她只是担心小五，现在连公司的账和丫丫，她也一并操上心了。也许她是真的融入这个家庭，把她当成我们家的一个成员了？

丫丫是我女儿，刚念国际学校三年级。

十三

　　最早起步的时候，我十几万块钱给自己在郑州买了套房子。一来那时候郑州的房子便宜，与深圳比起来便宜了一大截；二来是怕钱握在手里不牢靠，说到底更是为了让自己安心，万一哪天外面的路走不通了，自己总是个有家的人。

　　回到我自己的房子里，才觉得是真正回到了郑州，而不是像走在梦境里，飘忽得惶惶不可终日。有时候我不想受任何人打扰，就关掉手机，静静地坐在空荡荡的房子里想那些过去的事情。历史正汹涌而来，我像坐着时光之船，一点一点地穿越历史的激流，与自己的过往擦肩而过时，即使是伤痛也变成了甜蜜。

　　我想起了母亲。跟母亲在一起生活了几十年，我也没弄明白她。她的性格非常古怪，或者说非常奇特。我常常想，即使我父亲是一个上进的人，能达到母亲所要求的高度和标准吗？母亲最羡慕的人就是我们家邻居周四常，父父子子都是走的仕途，里里外外都风风光光。而我们呢？母亲觉得一家子都是卖饭的，挣再多钱，也是从人家嘴头子里抠出来的，怎么说得起嘴？一粒老鼠屎坏一锅汤，都是我爸把儿女带歪路上去了。

二姨说，母亲的性格最像我姥爷。我姥爷最后被枪毙，也不是作了多大的恶，而是他眼睛太尖、嘴巴太利。他是镇上的摆事老大，谁家父子兄弟分家，闹三天打断胳膊腿都扯不清，着人请他来，他穿着长袍拄着拐棍往人家堂屋里一坐，三下两下就把家当给分了。他处事公道，大家也都相信他，事到临头，有满意的有不满意的，反正满意不满意都得听他的，一句都不敢抱怨。一个镇子就这么大，谁敢保证今后没事求到他门下？不过话又说回来，在熟人社会里，让人敬着却又让人怕着，终不是啥好事。

我从一开始就知道在这个家里母亲最不喜欢的是我。但她从来没说过我有哪一点不好，也许她是整个不喜欢我，也许是我没有一点讨人喜欢的地方吧。小时候我在家里就是干活最多的一个，她像从来没看见一样。其实，哪个孩子不渴望疼爱呢？我越是刻意迎合，她对我的反感越甚。莫非仅仅因为我在长相上像父亲？这无论如何说不过去，毕竟我性格不像父亲，也并不贪吃。

开始母亲最喜欢的就是大姐一人，说她不但漂亮，也会说话，办事有胆儿，拿得起放得下。后来有了我弟弟，她的心思大部分就放在我弟弟身上了。但相对我们姊妹几个而言，她还是偏向大姐。没儿子的时候，她希望在女儿中培养一个男儿。有了儿子，她觉得找到了希望，殊不知真正性格像我父亲的就是我弟弟。但她不承认，也不允许我们任何人这样说。

父亲去世后，二姨曾经跟我说过，母亲找人算卦，人家告诉她我命里克父母，父亲去世就是因为我妨的。我姥爷横死也是被人妨的吗？她怎么一辈子就不知道反省自己呢？一直到今天，我和母亲从未亲近过。她和妹妹在一起，看电视都挤在一张单人沙发上，出门手牵着手。我哪怕靠近她一点，都能明显感觉到她身体的抗拒。

唉！她究竟是害怕我什么呢？以她的性格，我不相信她是害怕我真的会妨死她。

整个成长期我都非常自卑，为自己给父母带来厄运而惴惴不安，因此在她面前就更加局促，到后来说话也变得结结巴巴的。母亲说我长大了是个会使心眼的人，整天低着头，说话哼哼唧唧的像蚊子叫。

"低头婆子擒头汉！整天低着头，心里有啥见不得人的事儿？"母亲说。

　　母亲的情绪感染了大姐，或者说，大姐觉得她可以代替母亲。家里除了母亲，大姐就是当家人。父亲对这个家庭的影响几乎可以忽略不计。在这种环境下，家里的粗重活自然都是我的，洗衣服，做饭，打扫院子。我干活多，出错就多，经常被母亲责骂。记得有一年冬天，快过年了，气温特别低，我提着一篮子衣服去河边洗。河边空旷无人，就我一个，棒槌敲打着衣服，嘭——嘭——嘭地传出老远。我并不觉得委屈，干活似乎天经地义。即使是这样的日子没有尽头，能让我待在这个家里就让我很满足了。我常常在书上看到"忧愁"二字。可忧愁是富贵人家的事情，我没有权利忧愁，我只是盼着母亲让我上学。我拼命地干活，好让母亲满意。

　　那天洗完之后，可能是蹲的时间太长了，站起来的时候一头栽倒在地上。两只手本来就冻得都是口子，地上的沙和石子儿都钻到伤口里，让我疼出了两眼泪。寂寞的旷野里，天那么高远，我那么渺小。

　　我要是栽倒在河里呢？我要是被水冲跑了又有谁会拉我一把？也许死了会更好些，我父亲不会就是这样想的吧？

　　我吓得哭了起来，对着一河的水哇哇哇地号叫："啊——啊——啊——，爹呀，妈呀，二姨呀，二姨夫呀……"

　　在家里我不敢哭，掉滴眼泪都不容许。母亲心情不好时，碰巧我干的活她又不满意，她就会拧我，但只是拧我的胳膊、屁股。大姐也会拧我。她拧我的时候不说话，只是死劲儿掐一下我的脸。母亲也会骂我："我还没死呢，你给谁哭丧？"偶尔她心情好些，便会笑话我："瞧瞧，自己倒会惯自己，我们家出了个小姐！"

我每次委屈得受不了了，就会跑去二姨家。我哭二姨也哭，她说，哭出来就好了，小孩子老憋屈着会落下病的。

那天哭完，回家我也没跟母亲说，自己跑到卫生室让医生把石子捡出来，包扎一下就过去了。直到我结了婚，在老公的哄劝下，又做了一次手术，把里面的最后一颗小石子拿了出来。那剩下的一颗石子，在我肉里疼了多少年就激励我多少年，遇到什么坎儿，我都下意识地按压我的痛点，怎么艰难我都要求自己跨过去。

估计我母亲从来就没想过，我那会儿还只是个小孩子，是个十三四岁的小女孩。

在二姨家，我的身体和情绪都慢慢恢复了。读完小学，有一天母亲突然来到二姨家，说要把我带回去。二姨和二姨夫都很吃惊，说孩子在这儿好好的，你这是干什么？母亲不耐烦地朝他们摆着手说："闺女是我生的，我也没说过要把她送给你们。你儿子也大了，你们家就三间小房子，男大女大的，一个屋里住着不方便。她杵在你们家里，尽碍事儿。"

母亲说完，瞪我一眼命令说："站在这里干啥？还不赶紧去收拾你的东西！"

我靠着二姨站着，看着母亲凶狠的样子，腿都是软的。但我怕她跟二姨闹，便嗫嚅着说："我马上就去收拾。"

她朝我不耐烦地摆摆手说："那就赶紧去吧！"

二姨跟着我来到里屋，一边帮我收拾东西，一边流泪。二姨夫蹲在门口，一根接一根抽烟。表哥那天出去了，不知道是有事儿，还是故意躲出去了。不过即使他在，肯定也不敢说什么。

我跟着母亲回了家。原来是家里添了弟弟妹妹后，她腾不出手干家务活了。她见我身体好了，让我回来好歹多个帮手。那时候大姐在她面前还吃香，霸道凶狠，啥事都推给小的。二姐本来就倔，不大听她使唤，一天到晚捧本书，心不在焉地干点活儿她也看不上。二姐也没少挨打。母亲说："随她那死鬼爹，啥都别想指望。"

快开学的时候，我跟母亲说我还要上学。母亲吃惊地看着我说："你还要上学？你大姐、二姐都上，你再上，莫非要把我拆骨卖肉？"

我说："妈，我保证一边上学一边干活，绝对不在家吃闲饭。"

"不上了！"她对于我敢还嘴，更加恼羞成怒。

过了好久，她看见我一直站在那里没动，口气有点儿软了，说："你这样的死脑筋，上也是白上。你先把家里活干好，以后再说吧！"

我不再乞求她，我知道跟她说软话没用，只有把事儿做好才有可能改变她的想法。所以我每天五点多起床，晚上十点多才睡，把家里的事儿理得头头是道。我再提出上学的时候，她没有阻拦。

我初中毕业后，顺利地考上了高中。那天趁她在家做针线，我蹭到她跟前，跟她说我要上高中。

"总得有一个人给我搭把手做家务，说不上就是不让上了！"她抬头斜了我一眼，就低下头干她的活去了。父亲活着的时候，有时尽管她说话不好听，但还讲理。父亲不在之后，她的脾气变得更加暴戾，说话就跟放小刀子似的。

我站在她跟前，磨磨蹭蹭不走。

"你就是在这里扎根儿，也不能再上了！"

为什么偏偏是我？我一边流泪一边想着，她常常说，我从二姨家回来就跟她不亲，她是不是计较这个？我说："妈，我用功上学，长大出息了保证孝敬你。"

"我有闺女有儿的，多你一个不多，少你一个也不少，你别以为我稀罕你孝敬，爱孝敬谁孝敬去！"

我依然站在那里。她干完手里的活儿，看都没再看我一眼，噔噔噔地从我身旁走出去了，脸色阴沉得像要下雨一样。

这次看来是真不让我上了。

我想到了二姨，我不想她还能想谁呢？趁母亲不在家，我去找二姨。到了二姨家已经快中午了，我看到二姨夫和哥哥正在吃饭。二姨不在，二姨夫说她去舅舅家了。说话间，哥已经给我盛好了饭。在我吃饭的时候，哥说，你二姨明天才能回来，你要是有急事，我骑车载你去，或者我把她喊回来。我想了想说，如果二姨在那边没有急事的话，还是把她喊回来吧，我有急事，在咱们家说方便些。我在二姨家里，说话就口齿利落，像换了个人。

我哥饭都没吃完，放下手里的碗，推着自行车就走了。

二姨半下午回来了。我一直站在门口等她。她看见我，眼圈先红了。还没待她进屋，我扑通给她跪下了，抱着她的腿哭着说："二姨，您救救我吧，我想上学！"

"你妈又不让你上学了？"二姨蹲下来，抱住我的腰，"我明天就去跟她说。她要是不同意，我供养你！"

说话间，表哥也从外面进来了。我们四个人坐在屋子里，你看看我，我看看你，好像谁都没勇气再提这个话题。大家心里都明白，二姨去见我妈也于事无补。后来还是表哥打破了沉默，表哥说："这样吧，明天我去给大姨说，你上学，我去替你干活。"

"那肯定不行！"我脱口而出。我知道，二姨二姨夫身体都不好，这个家离不开他，而且母亲那个脾气，我不能再拖累这个家庭。

"没事儿，"我哥说，"就这么着！"

我知道母亲的性格，我哥这样说也只能是安慰我而已。

我跑来二姨家，也只不过是哭一场，发泄发泄罢了。二姨能有什么办法呢？

吃过饭，我提出要回去。二姨也没再留我。她一直在哭，她知道自己斗不过我母亲，而且，她知道她越袒护越会让母亲讨嫌我。我母亲一辈子都是个不讲理的人，我被我二姨抱养她从来都不承认是她的过失，她反而恨着我二姨挑唆了我和她的亲情。我二姨真的一句我母亲的不是都没对我说过，一切都是我小小的眼睛看到的。我二姨一边哭一边给我煮了一袋子鸡蛋，她让我哥骑车把我往回送。我们一路无话，但好像又说了一路的话。我知道他说的什么，他肯定也知道我说的什么。

到了村口，我哥把我放下，连看都没看我一眼就折转头往回走，根本没提去找我母亲的事儿。我猜他肯定在哭。我看着他走远了，突然间又泪流不止，我喊道："哥！"可能是因为迎着风他没听见，或者他听见了不敢停下来，只顾低头骑着车走了。

我停了好大一会儿，拐上另外一条路。那条路直通黄河花园口桥，桥下就是黄河最深的地方。我走到黄河边，想着过往的一切，万念俱灰。前无目标，后无退路，还不如一死了之，免得牵累这么多人。我不是怕母亲的脸，而是看不得二姨一家人的眼泪。

我还想到了我的父亲，肯定他也是怀着我这种绝望的心情，纵身跳入黄河的。父亲会泅水，我也会。既然黄河能带走父亲，也一定能带走我。

一想到父亲，我不但没有伤心，反而有一种说不出来的高兴。

月亮升起来了，把河滩照得恍如白昼。我沉着坚定，一步一步朝河边走去。河边是茂密的香蒲，我扒开香蒲往前走。前面有两只憩息的水鸟突然受到了惊吓，扑棱棱飞起来，就在我头顶上盘旋。我继续朝前走，眼前出现了一只鸟巢，像一个精致的手工编织的小篮子，那么小巧，那么温暖，挂在香蒲秆上。我走过去，看见鸟巢里有两只刚刚出生的水鸟，还有几只鸟蛋。在月光下，鸟蛋发出异样的光，好像通体晶莹剔透。我看着那两个幼小的生命，毛茸茸的，张着小嘴叫着。我站住了，犹豫起来，多么温馨幸福的一家啊！我不能打扰它们的生活。我折回头，慢慢往岸上走去。

在我抬头寻找那两只老鸟的时候，我突然看到了远处的城市。在夜色里，它离我是如此之近，灯火此起彼伏，照亮了半边天空。虽然在这里长大，可我从来没有这样认真地打量过她，尤其是没有看过她深夜里的面容。平时她僵硬的、阔大的钢筋水泥身躯，在夜里突然显得柔软起来，像起伏的山峦。她那明明灭灭的灯火，多像生命的律动。是的，她像有生命似的看着我，温柔地眨着眼睛。她在召唤我。我为什么不走向她？这难道不是一条比死亡更宽阔、更诱人的道路吗？

我的心一阵疼痛，一阵温暖。就这样死去，我不甘心。我要走进城市，我要感受城市。虽然我并不知道外面的世界等待我的将会是什么，但至少它会给我自由，让我自己能够决定活不活，以及，怎么活。

我没有明确的志向，我甚至没有梦想，我追逐的是一个可以远远离开家的地方，越远越好。

后来的事实也证明了，没什么，真的没什么。我一个身单力薄的小女孩子，随着建筑大军进入城市，而且直接去了深圳。那不是一道窄门，她所给我的生命的力量，比父母给我的更坚实，也更坚定。

说真的，从我离开家的那一天起，我已经下定了决心，不管混成个什么样子，我绝不会再回这个家了。

十四

我父亲还在的时候，我二姨夫在郊区食品公司上班。那时候食品公司属于国有，基本上所有的副食品都由国家垄断，不允许私人经营。其实说到底，二姨夫就是个杀猪的。这也是最让母亲看不起的地方，所以二姨夫很少到我家来。我母亲要是去他家也不搭理他，如果她偶尔去二姨家，碰巧只有二姨夫一人在家，母亲会扭头便走。她只跟我二姨说话。

二姨夫在食品公司负责杀猪、分割猪肉，最后还要处理猪骨头。认识他的人都说，杀猪匠可是个肥差，给个大队支书也不换。当时这活儿也确实是个肥差。看到他从街上走过，很多人都露出钦羡的目光。他浑身上下散发着猪油的香气，满脸油光。在那个吃不饱的年代里，他不但能吃上肉，还能喝上肉汤，确实让人羡慕不已。

他之所以能吃肉喝汤，就是当时猪骨头也是国有财产，不能随便废弃，要卖到废品收购站。收购站就在食品公司隔壁，但食品公司得把猪骨头处理干净才能交给收购站。这就是二姨夫能吃肉喝汤的根源。最后一道工序，是他负责把剔剩下的骨头放在大锅里煮，以便把骨头上的肉剔除干净。所以，他和食品公司的其他工作人员吃肉喝汤不但是权利，还是责任。

那时候生活匮乏，卖和买都凭票。一个人一个月二两肉票，所以也不是天天杀猪，老百姓一年都吃不上几次肉，有时候十天半月才杀一回。每当杀完猪之后，食品公司的人就蜂拥而上，围着几口大锅啃骨头喝汤。有时候啃不完，还能从骨头上剔下一些肉来，被他们揣在身上偷着带回家。

刚开始的时候，二姨夫可怜我父亲，赶上哪次杀猪多了就会偷偷地把我父亲带进去吃喝一顿。那是我父亲最快活的日子，他总是早早地去，帮我姨夫打打下手。熬汤的活儿他争着抢着就做利索了，啃一次骨头会让他高兴好几天。后来去的多了，他跟食品公司的人也熟络了，就不再偷偷摸摸，而是大摇大摆地去了。

有一次煮肉，父亲又是早早地过去。这次他带了一包自己配好的几味中草药，趁二姨夫没注意扔在汤锅里。肉还没煮好，香气已经溢满了半条街。食品公司主任跑过来，问我二姨夫是怎么回事儿。二姨夫只顾在汤锅后面低着头干活，也没太在意，就跟主任说，没怎么啊？怎么了？

主任说："你鼻子让蛆堵住啦？还没闻见香味儿？"

话还没说完，副主任带着公司的好几个职工跑过来，都是奔着这香味儿来的。

二姨夫疑惑地看看我父亲。父亲也红了脸，嘿嘿地笑着说："也没什么，就是在药铺弄了几味中药放进去。你们放心喝哈，滋补壮阳，保证可以让老婆满意。"对于他而言，说出这样的话等于是冷笑话。食品公司主任没笑，他神情严肃地训斥道："这是吃的东西，你敢乱弹琴，不要命了？"说完，他实在禁不住那馋人的香味，舀了一勺汤递给副主任。副主任刚一进口就笑靥如花，说："是真他妈的好喝!"副主任又舀了一勺递给主任。

主任吹了吹，把一勺汤全部喝下去了。然后闭着眼，一脸的陶醉，向我父亲伸出大拇指说："想不到你还有这个绝活儿!"

父亲得意地搓着手，嘿嘿地笑，那意思好像是说，我也不是白来吃肉的。

后来每逢杀猪的日子，主任都让我二姨夫喊上我父亲。二姨夫也不好到我家去，就站在我家门口附近等。后来我父亲掐好日子，有时候二姨夫还没上班，他就在路上等着他。

过了一段时间，食品公司主任说："你老是这样来不合适，万一人家说句闲话，我顶不住。这样吧，你读书多，每次你到食品站来，也不是为了吃喝，你给大家说说书里的故事，算是咱们公司的理论学习夜校吧！"

父亲听见这话，高兴得不得了，毕竟这是他的强项。每当吃饱喝足，他就坐在那里给大家说故事。从《水浒传》《三国演义》到《烈火金刚》，他讲得头头是道。高兴了甚至来一段"三言二拍"里的荤段子，让人听得合不拢嘴。大伙儿听得入了迷，恨不得彻夜不让他走，常常会说到凌晨才回家。食品公司主任总结说："过去人家说书中自有颜如玉，书中自有黄金屋。现在应该加上一句，书中自有猪肉汤啊！"

我父亲这次没得意，显出尴尬的神色，讪讪地笑着说："也是。也算是。"

那一天恰逢下大雨，雨水把我们家的后墙给冲垮了，眼看着房子摇摇欲坠。母亲让我和二姐去找他。我们赶到食品公司，看到他坐在一圈人中间，眉飞色舞地说着什么，周围的人哄然作笑。昏黄的灯光照着他油乎乎的嘴和黏腻腻的头发，活脱脱一个电影里汉奸的形象。我跟二姐羞得简直想找个地缝钻进去，互相推脱着谁都不肯进去喊他。我们捂着耳朵面朝着墙，既不敢看也不敢听。直到等着他讲完一段，二姐才让我过去喊他出来说话。二姨夫也跟着出来了，听了我们说的消息，俩人慌了，说，你们先回去，我们马上再带几个人一起去看看。临走父亲还没忘记把用塑料袋装的省下来的一点碎肉递给我二姐。

我和二姐刚刚走出食品公司的大门，就看见母亲怒气冲冲风风火火地赶过来。她也没打伞，浑身淋得精湿。湿衣服像绳子一样缠着母亲，让她看起来像个水生动物。她一眼就看见二姐手里的塑料袋，不由分说，劈手夺下来，拿着那个袋子就冲进食品公司院子里。我和二姐在后面小跑才能撵上她。她进了院子后，刚好与他们带的一群人迎头碰上。她吼了一声冲向我父亲，把那包碎肉劈头盖脸地朝他砸去。碎肉和汤汤水水顺着我父亲的头发往下滴落。我二姨夫过来劝阻，我母亲一口痰吐在他脸上，然后也不管我们，扬长而去。

那是母亲第一次在有外人的场合没给父亲留脸面。

十五

在深圳稳定下来之后，我曾经回了一趟郑州，临行前专门去香港给母亲和姐妹们买了大包小包的东西。那时候母亲跟妹妹住在一起，我到郑州的时候，妹妹没在家，跟着单位的人一起出去旅游了。妹妹本来想让她也跟着一块去，她说跑不动，就留在家里。她这些年跟我妹妹几乎没有分开过一天。她依赖妹妹，确切说是控制妹妹。

我总觉得妹妹的离婚是与母亲有直接关系的。这桩婚姻原本是母亲给定下来的。妹夫是个公务员，人长得体面，工作也体面。母亲的确比较满意，她自己也出去说，几个孩子里面这是她最满意的婚事。但妹妹结婚后，她几乎寸步不离地跟他们在一起生活。我妹妹心大，是个马大哈脾气。妹夫也是个有心胸的人。平日里小两口言来语去的，说了什么彼此并不在意。毕竟感情好，两个人有时候开起玩笑来也是不怎么讲分寸。当妈的听了，却觉得这里那里都不对劲。有时候女婿无意说点什么，她不等我妹妹开口，直接就接上去了，弄得女婿甚是尴尬。对于女儿，她更是任意指责，只要不高兴了，非要说出口来不可。

慢慢地，两口子之间就出现了罅隙。但我妹妹是个没心没肺的性格，大咧咧地不当回事，也从不拿老公当外人。有时候明知道母亲没理，却还是站在母亲这一边跟老公斗气，哭了闹了，就觉得没事了。时间长了，妹夫夹在两个人中间确实不好过，但他始终忍气吞声，觉得忍忍就过去了。但他的忍让换得的却是母亲变本加厉的控制。有一次因为单位提拔了几个人，没有妹夫，他回来向我妹妹发了几句牢骚，说了，心里的结也就解了。谁知我妹妹又学给了母亲。我母亲找个机会，就仔细地盘问妹夫，一边问一边横加指责。本来单位的事就够烦心的，回家还要再受丈母娘一遍羞辱，这把妹夫平日压下去的怨气激起来了。实在是忍无可忍，他分明不是在跟一个人过日子，而是在与两个人做斗争。于是，他就跟我妹妹摊牌说："咱妈仅在家里管管我也就算了，现在她连我工作的事儿也想管，这日子能过下去吗？"妹妹又拿这话去吓唬母亲。谁知母亲根本不吃这一套，她说："不知道好歹的东西！乡下孩子，住我们的房，吃我们的饭，我们娘儿俩把他伺候得像爷一样，家务活没让他碰过一指头，凭啊还这么仗势？他说过不下去，那你就拿话撑着他！想怎么着都行，看看谁后悔！"

妹妹觉得母亲说的也有道理，就拿硬话撑住了妹夫。

婚最终还是离了，我母亲等着人家后悔，可很快那边就结了婚。刚离婚那会儿，我妹妹哭了一阵子。后来自己也觉得没了丈夫更舒适点，不用在意谁谁的感觉了，想睡就睡想起就起，妆不用化衣服也不用挑拣，饭想怎么吃妈就给怎么做，也挺好的。妹妹年轻貌美，在银行工作，收入不算差，离婚后介绍对象的也不少。我妈看了总是挑肥拣瘦不满意。她也懒得跟我妈理论，反正妈说好就好，说不行就不行，她没意见。她的口头禅就是，不操闲心，简简单单地生活，只要快快活活就成。只要不让她自己想事儿，处处让妈当家做主，她图个省心。反正我妹妹省心了，我妈就开心了。这世上如此般配的母女，说出来还真没几个人相信。

这次母亲不愿意跟着妹妹出去旅游也是有原因的。她曾经跟着出去玩过，和一群年轻人在一起，开始大家都客气着，可她还跟在家一样，什么事由着自己说了算。时间长了，大家就觉得老太太有点过分了。人家不驳她的面子，可也不理她那么多。出来玩带个老人，两边都很尴尬。她渐渐觉得大家都对她不敬，大家说什么故意递眼色让她插不上话，她心里非常失落，旅游还没结束，就气鼓鼓地让妹妹带着她回来

了。后来我妹妹出去玩，她十有八九都反对。这次见她实在要去，就赌气说懒得动，自己在家待着。

我赶到妹妹家已经很晚了，当天晚上也没说那么多，洗洗就睡了。第二天我睁开眼，已经快九点了。我听见客厅里有动静，便走过去，看见她正在翻我带的东西。我脸也没洗，就赶紧过去帮忙。

她低着头翻拣东西，看见我进来，一脸的尴尬。

"你这都是在市场上捡的货底子吧？"她说。

我笑着说："那可不是！这都是我去香港买的，因为怕不好带，我把包装盒都扔了。"

"切！"她拿起一支欧姆龙血压计扔在床上，"在咱们这地摊上，十块钱就买了。"

我耐心地说："妈，您不懂，那是专门给您买的，日本原装的，要一千多。"

"这也是给我的？"她拿起一打丝光袜子，当时比较时兴这个，"这能是人穿的？跟葱皮儿似的。"

"这是给妹妹买的。"我打开最大的那个包袱，"这是我给您买的几件衣服，您刚好试试合适不？"

她扭头看了看，不屑地说："不试。看着就不中。"然后拍了拍自己身上的衣服，"看看你妹给我买的衣裳，哪儿哪儿都是合身的。布料还厚，穿着沉甸甸的。"

我笑了笑，拿起一件马甲给她披上，说："衣服可不是料子越厚越好。这个您还是先试试看吧！"

"咦？你啥意思？你是说你妹妹买的东西不好？"她好似遇到蛇一样拨开我拿衣服的手，"不行！我不喜欢这不长不短的东西！"

"这个呢？"我把一件毛呢外套往她身上披，"这是法国进口的，牌子货。"

她一把推开我，转身就往她自己房间里面走。

"我不需要你孝顺，我不要你的东西！也不会穿你买的东西！"她说。

我感觉到自己体内有一枚炸弹爆炸了，累积了几十年的能量一下子爆发出来。我冲过去，一把抓住她后面的脖领子，想把她拉回来。她一边往前挣，一边拿手往后面推我。但我毕竟比她力气大，强行把她拉回来按在沙发上，低声叫道："我看你试不试！我看你试不试！"一边说，一边就往她身上套那件外套。她拼命挣扎，但是一言不发，咬着牙跟我对峙。但毕竟是那么大年龄的人了，很快她就不反抗了。

我们两都斜靠在沙发上喘着粗气，愤怒地看着对方。

她忽然现出软弱的神情，几乎用乞求的口气跟我说："今天这事儿，不管到啥时候，不管对谁，都不要说出去。说出去我只有死！好吗？"

我没理她，猛地站起来，走到卫生间用冷水冲了半天脸。我出来看见她很平静地坐在沙发上，冷冷地看着我。她那种眼神我是第一次看到，是一种深入骨髓的厌恶。我不禁一阵发冷。

"你回来就回来，买这些大包小包的东西干什么？就是为了让亲戚邻居看见，说你对我孝顺、对我好？"她的眼睛里突然流出了眼泪，这是我第一次见她流泪。父亲死的时候她只是干号几嗓子，并没有落泪。"你太有心眼了。你对我好？真对我好吗？"她的眼泪越过脸上的沟沟壑壑，那黑褐色的泥土一样的颜色。在这块土地上，我从来没感受到过温暖，"你这样子做给别人看，还不是为了报复我？小时候我对你不好，你偏对我好，看我老脸往哪儿搁？你就想这样子让我羞愧死是吧？"

我也冷冷地看着她，一句话都没再说。但是心里突然有一种极大的、恶作剧般的满足，我觉得我平生第一次在她面前占了上风。

第二天我就回了深圳。我和她单独住在同一个屋子里，觉得那三室一厅的屋子还是太小了，压抑得我时时刻刻都想爆炸。

十六

　　我妹妹小五在深圳和那个叫帅亮亮的男人谈了两年多恋爱。母亲说到做到，一次都没让那人进过我家的门。其实，说是谈了两年，前一年半都是我妹妹在追人家。我妹妹是真动心了，追得那才叫一个苦。我觉得我一辈子都不会这样做小伏低。到了第二年，帅亮亮突然转变了态度，同意跟我妹妹处对象，并带着她去北京跟他的爸妈见了几回面。妹妹从北京回来，显得格外得意，说，人家那个家才叫家，住山上的别墅，爸妈都是老干部，连用人都像是电视剧里走出来的。我妈那一段时间，因为这个事儿和她很僵。母亲听见她炫耀，就撇着嘴怼搡她："他家就是住在皇宫里我也不会去一趟的，我宁愿回郑州老家去，住小屋。我咋看他都不是个正经人！"

　　小五也学她撇着嘴说："妈你别想多了，人家也没说请你去啊。"小五突然话头一转，说了一句让我们都目瞪口呆的话："你看着谁像正经人？大姐夫、二姐夫、我前夫还是我爸？哪个在你眼里是正经人？"她大概是住在我们家，又有乔大桥在跟前，才碍着面子没说三姐夫。

我和母亲都惊呆了，互相看了一眼，然后又迅速躲开了。我以为她会暴跳如雷，可她低下头，再也没说什么，好像没听见一样。没心没肺的妹妹根本没有注意到我们俩的表情，估计她根本不知道这句话意味着什么。过去她对我妈一向言听计从，这次不灵了。我妈越是反对，她就越要和他好。我妹妹继续说道："妈，过去感情上的事我都是听你的，要不然我也不会离婚。这次我就是稀罕人家，嫁给他吃糠咽菜我都愿意。"

"你哪会吃糠咽菜？你这不是要嫁到大富大贵人家去了吗？我等着看你享福呢！"

"妈，你是不是就是怕我结婚？我是你亲生女儿，怎么不盼我点儿好呢？"

"我不盼谁好了？我不盼你们好你们会一个个过上眼前这日子？等你嫁到那高门大户里，过上好日子，我死了都闭眼了。"我奇怪这俩人这样斗嘴，搁在往常我妈早气得发抖了，"你们一个个都过好了我就走，我回老家住着去，有胳膊有腿的，还能饿死人不成？"

我妈这是话里有话，明着是说我妹妹，暗里是说给我听的。她是让我放心，我妹妹不在这儿，她也不会赖上我。她不生气，却把我气得够呛，你说都到这种地步了，还不饶过我！我说："妈，我们不孝敬你吗？你说这话就是我听了不多想，让大桥听了不寒心吗？他但凡有一点时间就陪你遛弯，他那么忙，电视剧陪你看得台词都会背了。你在我家，哪点不顺心你可以说出来，对不对大桥？"

大桥在这个家就是个和稀泥的，他傻笑着说："是妈陪我，妈在这儿我注意锻炼，生活也规律了，胃病和腰肌劳损都好了呢。咱们老家有句老话，家有一老，胜过一宝。咱妈呀，就是咱家的宝。"说完暗中对我做了个鬼脸。对付我妈，这大桥嘴都变得抹了蜜似的。

我看到我妈脸上的几分尴尬换成了得意，心中暗笑，我们家大桥知道该说什么话，什么矛盾他都这样化解，这傻子真的是不傻。

小五也不长眼，眼看着这边哄好了，她那边偏说："妈不跟着我也行，我结了婚说不定就搬去北京了。"

我妈的脸刷地一下拉得老长："结婚呢？要能结怕早都结了，只怕是狗咬尿泡，空欢喜一场呢！"

这话说得可真有点歹毒了。我们谁都知道小五的心病，分分秒秒都想着和帅亮亮结婚，只是那边偏不着急。我妈的小心思我还能不知道？我觉得她巴不得把这段姻缘拖黄了，看来她是真的不想让小五嫁出去。小五有时候也不是没有道理，她这样愤愤不平，就是怕小五对别人比对她更亲。她一辈子都这样，越老越自私。真是！

小五对帅亮亮是真动了感情的，她被我妈惯得几十年寸草不拈。帅亮亮的公司在深圳租的有房子，她整天黏着给人家洗衣做饭，都快变成贴身丫头了。我曾经私底下对大桥笑着说："爱一个人，要动这么大心劲吗？"大桥说："你那时给我做饭洗衣服，不也一样吗？"他搂着我想腻歪，我抬手给他头上一巴掌："傻呆，那能一样吗？"

他说："哪儿不一样呢？"

傻呆的话让我在晚上犯了半天嘀咕。是啊，哪儿不一样呢？可就是觉得不太一样。

第二年的冬天帅亮亮终于求婚了，说是婚礼在北京办，什么都不用我们这边操心。小五骄傲得什么似的，她已经三十出头的人了，突然变得像小姑娘似的，穿戴明显有弱智化倾向，把自己弄得像个洋娃娃似的，花枝招展，像一架行走的花车。爱情降低人的智商，一点也不假。我母亲当着她的面说："疯子！"也不知道怎么回事儿，我妈那个神情无法言说，不要说喜色，满脸都是无可奈何的丧气，像吃了一天虫子似的。我的感觉倒挺好的，大家出身的人，教养完备，对我这个当姐的都敬重有加，每次见了都有礼物，而且出手大方，爱马仕的手包，还有给姐夫的 CANALI 领带。我们家乔大桥也觉得好，说真的遇见个帅亮亮这样条件的不容易。小五离婚几年了，她年轻美丽，手里也积攒了一些钱，总不能一直单着。我妈是有点过分了，怎么就不能好好当一回妈，盼着女儿点儿好呢？

婚期的前一个星期，帅亮亮悔婚了，他给小五说的理由是，他私下挪用公款倒腾黄金，被人骗了。本想着人不知鬼不觉地赚点钱，结婚后好养家，谁知道是这个结局。他搂着小五说："既然要结婚，就不能让你跟着我过苦日子。"

小五一如既往地大大咧咧，她不在乎地问道："多少钱？"

帅亮亮不停地叹着气，在小五的追问下，他才不情不愿地说道，挪用的金额有点大，若是窟窿堵不上，他这下会坐牢。他流着眼泪说，不能拖累了小五。他说之前一直拖着不结婚也是因为前次做生意赔了，欠着人家账。他因此对婚姻恐惧，担心养不好家。

小五被感动了，觉得这人还挺仗义的。他是害怕若是结了婚，她得分担他的债务。小五感动得泣不成声，她说："亮亮亲爱的你别怕，有我呢！就算一时还不完，坐牢我也等你！"

帅亮亮说："我舍不得你，小五！我这两年和你在一起，才懂得什么是爱情，你对我太好了。我爸妈那儿有国家给养老，我现在最放不下的就是你了。你这么好，我哪会不爱你？"说着，两个人搂抱着哭到一处。小五在想象的爱情里被自己感动了，决心不顾一切也要为帅亮亮做点什么。她越是这样，帅亮亮越是说："小五，你别管我了，你让我走吧！我现在犯的事儿和你没有一点点关系。你最好离我远点！"

这事儿到底瞒不了我母亲，她此时心硬如铁，私下里给我再三交代，看好公司的钱，你不签字往哪儿都不能转账！我说："妈，你能不能少操点闲心？都什么时候了，还只想着钱！"我妈说："可不就是钱？你以为人家看上小五的是啥？真不是钱？别被人卖了，还帮人家数钱，姑奶奶！"

小五来深圳时卖了郑州的房子，加上这几年的积蓄，手上也有个一两百万。她想拿钱救人。小五急不可耐地跟我说："姐，你能不能帮帮我？"

"怎么帮你？要多少才可以救到人？"

"你先给他转三百万。他这次祸闯大了，他也找了别人，他爷爷的下属已经帮他还了一部分。"

"你宽限几天，容我想想办法。"想起母亲说的话，我突然有点心虚，"咱们公司的流资都在账上，你比我清楚，三五百万还有。但是，那是股东们的钱，也不是我一个人的，我怎么可以让你支走三百万？那可是犯罪啊！"

小五说："我不管那么多了！反正没有了亮亮，也就没有了我！你不能看着我死吧！"

天！我是不能看着自己的亲妹妹活不下去啊！

那几天大桥偏巧出差去了。我母亲看着外表平静，其实心里也是揪得紧，吃不好也睡不踏实。那天夜里她又犯了一次病，虽然没有生命危险，但可把人吓得够呛。叫了救护车把她弄到医院，折腾了大半宿才苏醒过来。小五只会哭，她哭着说："妈，你可得活着，没有你我以后可怎么办？"我妈看看她，摇了摇头说："你有荣华富贵，还要妈干什么使啊？"小五看见我妈清醒了，破涕为笑，说："我不管，你们一个都不能少！"

乔大桥出差回来了，他没回家，直接先到医院看了我母亲，嘱咐她别着急，安心养着。然后把我们姐俩喊出来。他说："小五，帅亮亮呢？"

"他去求人了，钱凑够才能回来。"小五瞪大一双长眼睛，脸上愁云密布。

我还从没见过大桥这样严肃过，大桥说："小五，咱妈没在跟前，你可以说实话了，他走时你给了他钱吗？"

"给了五十多万。这两年我给他买表买衣服花了好几十万，我手上能提现的都给他了。"小五涨红了脸，转身对我说，"这些都是我自己的钱，跟公司没关系。"

　　大桥说："小五啊，你得挺住。咱妈的怀疑是对的。这次我去了一趟北京，帅亮亮所说的山东黄金集团公司总部，确实找到了这个公司的帅亮亮，但不是咱们家这个。人只是长得有点像，人家从来没在深圳分公司待过。深圳公司也压根儿不知道这个人，我已经报警了。"

　　小五说："我去过好多趟，真真的是他们公司的办事处。挂的有牌子，里面也有工作人员。姐夫，你肯定搞错了。"

　　"小五，咱们大家都错了。全是假的，连李轩哥都被他骗了许多年。"

　　"那他家呢？我这就去北京，找他爸妈去。"

　　"房子是租的，人也是租的。李轩哥去找了他的朋友，都一一查过了。"

　　我妈身体没有大碍，第三天就出了院。她身体确实不太舒服，但生这么大病也是装出来的，乔大桥出差也是他俩谋划的。事情弄清楚后，小五却扛不住了，病得只剩一口气，躺在病床上几十天不吃不喝，每天就靠输点营养液活着。喊喊她，眼珠子动都不动一下。本来我想我妈会在医院守着她，可她一趟也不往医院去。跟她说烦了，她便说："谁作的谁受！我活大半辈子了，不知道好坏人啊？"

　　到了一月头上，小五还一直这样。我妈实在熬不下去了，她自己打车来医院找到小五，三下两下拔掉小五身上的管子，照脸上扇了两个大巴掌，愤愤地说："你还没作够啊？要死回家去死！天天躺着花你姐的钱你觉得有脸吗？"

当时我和大桥都不在，我安排公司的两个人陪着她。母亲这一番发作，把医生和公司的人都吓住了。

小五当天就被她弄回家了。像个木偶一样，让她坐着就坐着，让躺着就躺着。然后母亲也不征求她的意见，拿把剪刀咔嚓咔嚓把一头秀发剪了，拿镜子照着她，让她睁开眼睛看着："你不是爱美吗？你看看你丑成啥了，你不爱惜自己，还想人家爱惜你吗？"然后，我妈弄了稀饭鸡蛋糊糊给她吃，她死活不张嘴。我妈也不搭理她，把电磁炉搬到她房间门口，轮换着炖汤、煮肉，烧菜、蒸包子，熬各种粥，反正弄得芳香四溢。然后母亲弄个大锅盖，把蒸的煮的东西一股脑堆在锅盖上，晚上就放在那里。我妹妹三天没熬过去，就开始在锅盖上找东西吃。母亲看见了，说，小心撑死啊！

小五一边吞咽一边痛哭，"妈，我这一辈子都不找男人了。妈，我是真的喜欢他。"

母亲出这一招，确实出乎我的意料。她是什么时候学会做这些的？过去她做的饭，猪都不想吃，要样儿没样儿，要味儿没味儿。而她给我小妹弄这些东西，味道真的不比我父亲弄的差。真是太奇怪了。

　　小五的病终于好了，好得不能再好，又是说又是笑的，比过去还活泼。我妈一步不落地跟着她，吃饭睡觉都拉着手。开始我也担心她的痊愈是假装的，害怕她出意外，便悄悄劝她："受骗的不只你一个，这种人不值得！想想咱还是万幸，若不是他要三百万，少要点的话，咱俩可能就打过去了。"

　　小五的眼泪立刻又出来了，神情重新变得恍惚。我妈冲过来在我身后狠狠拧我一把，她几十年都不曾这样拧我了。我疼得皱起眉头想要呵斥她，看见她前所未有的凝重的模样，马上禁了声。

　　我还担心我妈，原以为依着她的性子，小五好了她会没完没了地拿这事奚落她，她那种得理不让人的德行伤了我多少年？可她此后只要听见我们谁提帅亮亮这事儿，便严厉地呵斥道："都闭上嘴！"

十七

关于父亲是被母亲逼死的说法为什么在我们镇子上不胫而走，到现在也没闹明白。其实我们家也没人真正去追究过原因。一来也没外人在我们跟前说起过，二来母亲对这种说法压根儿没当回事，甚至连嗤之以鼻都算不上。二姨倒是跟我说起过，她的说法还有一定的合理性。她说："人家也不是说你妈逼死了你爸，而是说你爸受不了你妈对他的态度，自己投河死了。"

态度？我估计这个词二姨不知道在心里斟酌过多少次，但我听了心还是往下一沉。这么多年我们要么是从未想起过，要么是忘记了或者刻意回避，在母亲营造的家庭氛围里，我们的"态度"在哪里？如果父亲真是被"态度"逼死的，那么这"态度"里，有多少是我们的成分？难道这些事情一股脑都怪在母亲一个人身上吗？

然而，想了一下我还是说："听说会水的人，投河是淹不死的，所以他们死的话也不会选择去投河。是不是真是我爸去打鱼被河水卷走了呢？"

"真不好说。"二姨轻轻地叹了口气，"那谁说得了呢？到底河跟河不一样啊，人家都说黄河是面善心恶，长江是面恶心善。我没去过长江，黄河每年淹死那么多人，有几个不是会水的？"

我说："我爸跟他们不一样，他懂得黄河的水性。差不多每次下大雨或者发水，都要去黄河打鱼。"

二姨说："常在河边走哪有不湿鞋？我约摸着那是你爸的命。"

在村人眼里，我父亲是一个非常幽默风趣，知书达理，而且相当有生活情趣的人。打兔子钓鱼，套野猪网鸟，还会讲故事，简直无一不通。更重要的是他的一手好菜，哪怕是一根白萝卜到他手里，都能做得跟别人不一样。毕竟他是大家庭出来的，吃过见过那么多，而且读过很多书，背过《汤头歌》，懂中草药。

父亲在的时候还是大集体，我们郊区人还靠种地过日子。有一次在田里干活，他到田边的沟里解手，发现了一个兔子窝。于是他又喊了几个人，从窝口开始刨土。然后他把耳朵贴近土地，听了一会儿，拿着铁锹朝地下插去。在他插下去的地方把土刨开，果然锹下有只兔子。父亲没用一滴水，把一个兔子剥得干干净净，然后跑着到周围采集了一些野草野花什么的塞进兔子肚子里，放在火上烤。那个香味儿弄得大伙儿也没心思干活了，到处跑着找兔子窝。后来我父亲还为此在生产队的大会上作了检讨。

那时候的生活几乎看不到亮色，村里谁家有红白喜事总是请我父亲帮忙。我父亲忙活一天，可以得几个馒头、一盆抹桌子菜。看着孩子们贪馋的样子，父亲的神情比看我们饿着还忧郁，即使母亲不说难听话，他自己心理上也会觉得屈辱。二姨常常接济我们一点，她家人少。这样我们的生活虽然好了一点，但肉还是吃不起。二姨总是送点吃的给我们，偶尔还偷偷煮个鸡蛋或者用油纸包一块猪肝背了人给我。我们都和二姨亲近，特别是我。母亲厌烦得不得了，每次我二姨一离开，她就说嫁个杀猪的什么的难听话。她也未必是容不下自己姐妹，她太要强，生活的窘困，让她自己觉得面子上过不去。母亲鄙视二姨夫的时候，父亲什么话都不说，但他常常还是喜欢找二姨夫一起说说话。后来我二姨生病时，我二姨夫偶然说了一句："我没啥文化，你爸也是太苦了，他一辈子连个说话的人都没有。"这句不经意的话，一直哽在我心里，让我越来越可怜那时的父亲。

我母亲对吃痛恨到了极致，有时候她像个疯子。

　　有一次，母亲到我舅舅家走亲戚去了。刚好我家的一只羊被生产队的拖拉机撞倒了，流了很多血。眼看着奄奄一息快没命了，父亲趁着它死之前，就把羊杀了。其实羊很小，也很瘦。我爸用羊骨头烩了一锅菜，把好点儿的羊肉都给母亲留着，等着她回来再吃。

　　饭做好后，全家人正准备吃，我妈从舅舅家回来了。看见我们围着桌子等着吃饭，便问我大姐道："哪里弄的肉这是？"大姐说，我爸把家里的羊给宰了。她并没有告诉母亲，说羊被撞着了。也可能是故意不说，也可能还没来得及说。母亲一听这话，二话不说就折返到厨房拿了一把菜刀出来，要去砍我父亲。父亲赶紧逃到西边屋子里，从里面顶住门。母亲拿着菜刀，一刀一刀剁在门上。她一句也不叫喊，害怕邻居们听见。后来菜刀深深陷在门板上，她实在没力气拔出来，才算作罢。

　　可等母亲回到堂屋，我们已经把桌子上的菜吃差不多了。母亲气得把桌子一把掀翻了，瘫坐在地上，一左一右地扇自己的脸。

十八

　　刚到深圳的时候，我在建筑公司的工地上打小工。其实小工是最累的，搬砖、和灰、清理建筑垃圾什么的，都是小工的活儿。那种累是说不出来的，也不是劳动强度有多大，而是消磨你的耐力。所以多年之后有人问我那会儿累不累，我真不知道该怎么说，只能说记不得了，也许是真的想不起来。很多时候做梦都还是在搬砖，或者和灰。攀上脚手架，一脚踩空，我从上面掉下来了。正奇怪着摔这么狠怎么会不疼，恰好就醒过来了，一身都是湿淋淋的汗水。

　　那天是下班后的休息时间。男的都打牌喝酒去了。天气晴好，蓝天白云，我坐在简易宿舍门口看书。有个穿着休闲装、长得黑黑胖胖的大个子男人领个狗在工地上转。他已经从我跟前走过去了，又转回来，走到我的跟前问："你是在这里干吗的？"

"哪里?"我疑惑地指了指前面的工地,"这里?"

他认真地看着我,点了点头。

我说:"我是工地上的工人。"

他吃惊地看着我:"我们工地上有这么小的工人?"

我翻他一眼说:"个子小不少干活,我都干一年了。"

我看看他,也不知道他是谁,听他说话口气蛮大的。我低下头继续看书。

"你多大了,闺女?"他没走,停下来站在我跟前。

"十八了。"我说。为了到这里打工,我多报了三岁。虽然我瘦了点儿,但个子不算低。

"你有十八?"他准备扭头走了,又拐了回来,也不跟我商量就把我手里的书拿过去。那是一本《高等数学》,他看着快被我翻烂的书页和我在上面记的笔记。

"这上面都是你写的?"他的声音温和得让我难受。长这么大,从来没遇到过有人这么温柔地跟我说话。再加上刚才那么没有礼貌,我有点不快。而且他的河南信阳话让我听起来有点困难,但出于礼貌,我还是认真地点点头。

他放下书,困惑地打量了我一会儿,一声不吭地走了。

大概过了三四天吧,工头突然通知我让我去公司财务科报到。到了财务科上班以后我才知道,那天跟我说话的是公司老板,怪不得他说话口气那么大。他是怜悯我,他的女儿跟我差不多大小，因为神经衰弱，经常头疼，不能到学校上课，就请老师在家里教她。患个头疼就能请老师在家上学？反正有钱人就是任性。

老板安排我在财务科当了记账员。过去工地上的工友们看见我都阴阳怪气的，不知道我走了谁的门子。连我自己都觉得不可思议，运气来得太意外了。记账员的工作与做小工有天壤之别，相当于建筑公司的白领。而且，公司让我从十几个人的集体宿舍搬到了杂物间，我一个人的房间。工资照时照点地发放，时间和生活都有了保障。我幸福得无以复加，又打起了上学的主意。我一边工作，一边报考了电大。课程对我来说并不是很难，数学我能考满分。我不明白这么容易的题，有的学生为什么愣是学不会。上电大时，我是最优秀的学生。

老板的女儿叫任小瑜，我们是在我到财务科上班一年后才认识的。那天财务科长通知我说，下午下班后不要走，老板和老板娘要请我吃饭。当时我很诧异，我一个毛头丫头，人家老板凭啥请我吃饭，而且还带着夫人！

下班之后，科长把我领到职工食堂里面的小餐厅，把我介绍给老板就出去了。我看到老板和一个中年妇女在屋子里坐着喝茶，我站在门口手足无措。老板和那女人见我进来，都站了起来，热情地跟我握手让我坐下。坐下之后，我才弄明白这个妇女是老板娘。她并不像影视剧里当家的夫人，她们一个个耀眼而且霸道，一副高高在上、不食人间烟火的样子，而眼前这个女人看起来面目良善，模样周正耐看，但打扮得非常朴素，甚至还没有我们财务科的年轻员工打扮得入时。平时老板穿衣服也不十分讲究，第一次见他我还以为他是工地的工头之类的。

正说话间，一个女孩子推门进来了。她穿着一身运动装，理了一头短发，瘦得像根棍儿。皮肤是那种不健康的苍白，嘴唇也没有血色。但人看起来温和恬静，倒是个好孩子的面相。

"爸，"她走到我旁边拉了把椅子，倒骑着坐下，"这就是你跟我说的爱学习的姐姐吧？"

老板摸了摸自己的头，不好意思地咧着大嘴憨厚地笑了。

他们三口热情地述说着，开始我因为紧张，不知道他们在说什么，听了好一会儿才弄清楚是怎么回事儿。原来老板家里有个保姆兼家庭教师，现在人家结婚走了，老板娘想让我接这个角色。

我一口回绝了，我说我还是想上班。

"你看这样好不好，"老板娘讨好似的看着我，"你半天上班，半天陪小瑜学习。至于家务，我另找人。"

"好吧好吧姐姐！"那女孩拉着我的胳膊摇晃着，"你这么小就出来打工，还能考上电大，肯定有一肚子故事！我爸爸天天在家夸你。我一个人在家好难挨，我想让你陪着我一起学习！"

"她叫任小瑜，"老板娘怜爱地看着女儿，"从小被娇惯坏了，不懂事，恳请你能帮助她。"

老板也看着我，说："先委屈你试试吧，也不勉强。不行了再说。"

我看着一家三口诚恳的样子，特别是任小瑜，她对我像对一个小伙伴一样，又是拉手又是拥抱。看在小姑娘的分儿上，我勉强答应了。那时候我对富人没有一点好感，也是多年受仇富教育的结果。

"只试一个月，你们还继续找人。"我说。

任小瑜一下子抱住我，在我脸上亲了一口。"太好了姐姐，谢谢你。"这女孩，太不像个富家小姐了。

任小瑜果然是个好孩子，虽然生在富贵之家，可一点都不骄横，还特别有善心。有一天学习完，我们一起出去散步，在小区外面看见一个孩子面前摆个牌子，上面写着："我饿了，实在走不回家了。请好心人给我十块钱。"她马上就从口袋里掏出十块钱给了那个孩子。我小声问她："万一是个骗子呢？"

她站住，认真地看着我说："万一不是呢？"

我看着她，看着明亮的天空和宽阔无边的草地，看看远处的高楼和身旁盘根错节的老榕树，看看树上树下快乐的鸟儿在啁啾，我的眼睛润润的。纵使我是铁石心肠，也很难不被这样一个冰清玉洁的女孩打动。这一世界的好都属于她。我也已经长大了，想明白了很多事理。我不能责怪父母生下了我，但也不能不说，是自己投错了胎。家庭环境对一个人的性情影响太大了！

我并非天生不是个嫉恨人的人，我是被这一家人的善感化了。我在小瑜身上，不，在他们这个家庭学会了很多东西，那是在我那个明争暗斗的家庭根本体会不到的，那种亲人之间的爱和默契，那种充满善意的做事风格，那种待人处事的谦恭，都对我以后的人生产生了极大的影响。在他们家，我对财富、对富人有了全新的认识。穷不一定都是好，富也不一定就天然地带着恶。

小瑜长得瘦弱，却是一个超级爱吃的家伙，也真是会吃。学习期间，基本上每周她都要带我去几个好吃的地方，从日本料理到墨西哥烤肉，从杭帮菜到川湘菜，从海鲜到笨鸡笨鸭，基本上没重样过。但让她想不到的是，只要吃完她爱吃的菜，回来我都能试着给她做出来。她喜欢吃川菜馆的麻辣小鲍鱼，每个礼拜都要去吃。偌大的一盘红辣椒碎，里面埋着可怜的几只小鲍鱼，一盘菜几百块，差不多是我半个月的工资。我拉着她去鱼市上转，鲜活的小鲍鱼十块钱一只。我们买了十几只，另外买了葱姜、新鲜的青花椒和小红尖椒。我回家用刷子将鲍鱼洗净，放在开水中烫一下，取出完整的鲍鱼肉，切片。锅里放一点橄榄油，先将鲍鱼片爆一下，加入葱姜和新鲜的红辣椒和青花椒。鲍鱼本身带鲜，不要任何调味品，只需一点生抽和黄酒。做出来之后单色彩看着就让人馋涎欲滴，小瑜一口气吃了半盘，老板和老板娘也连称鲜美、好吃。

做菜这么无师自通，我自己也感到很吃惊。虽然我很小就开始做饭，但都是萝卜白菜家常便饭，鸡鱼肉蛋都很少做，像海鲜什么的过去见都没见过。莫非我们家族真有会做菜的基因？

有一年过中秋节，老板要在家里请几个好朋友吃饭。任小瑜提议由我来做菜。她的这个提议立即得到了老板和老板娘的赞同。这就是这家人的风格，倒不是他们认为我能做好，而是觉得不该当着全家人驳我的面子。那天我和小瑜亲自跑到市场上买菜，把我们最喜欢吃的菜列了个菜单，煎、炸、炒、炖，一连做了十几道菜。那真是我最得意的一次，菜还没上完，就把客人的味蕾征服了，都交口称赞，说在哪个饭店请的专业厨师？小瑜得意地把我这个半大妮子介绍给大家的时候，几位客人都惊呆了。

这样过了两年，小瑜的成绩上去了，我也拿到了电大会计学专业的本科毕业证，接着我还想考会计师。任小瑜也要去加拿大留学了。我完成了任务，也算报答了老板的恩情，准备着离开这个家。临走的那一天吃过晚饭，我正准备回去休息，任老板却招呼我留下了，说要给我谈件事儿。

"我们公司的餐厅，是我最头疼的事情。"老板开门见山地对我说，"换了好几任厨师，大家还是不满意。除了中午，实在没有办法了，才有一些人在这儿凑合着吃一顿。公司想接待客人，菜总是不让人满意，弄得很没面子。有些中层干部和员工请朋友吃饭，大家宁愿舍近求远跑出去，也不在咱们自己餐厅吃。这么大个公司，餐厅都弄不成个样儿，公司补贴很多，还连年亏损。"

我认真地听他说，没有插话。

"我的想法是，让你把这个餐厅管起来。"老板说。

我很吃惊，这可比不得在家里烧几道家常菜。况且我仅仅是一个小小的记账员，没有任何领导经验。但我也不想一口回绝，不就是做饭吗？我思考了一会儿才说："请您给我几天时间，我考察考察再说好吗？"

老板娘任阿姨说："我就稀罕这孩子的稳当劲儿，有勇有谋的。"

我带点害羞地笑了。我长成了一个大姑娘，我有了自己大胆的想法。

我真的扎扎实实地私下里考察了一番，觉得餐厅的问题可以归纳为三个。第一个是主管负责制，会造成主管与厨师之间的矛盾，没有厨师负责制合理；第二个问题，我们公司大部分员工是北方人，而请的厨师都是当地的南方人，菜品和口味方面南北方相差太大；第三个问题是北方人晚上喜欢吃馒头、喝粥，而这些东西南方厨师根本不会做，或者做不好。

送任小瑜去机场的路上，我把我的想法跟任老板讲了。我说："咱们这个餐厅，位置特别好，周围基本上都是市场和公司总部，想吃点好的要跑好远。如果我们做好了，公司的员工吃饭不但可以不花一分钱，餐厅还能挣钱。无非就是把公司临街的地方调整出几间房子给餐厅使用，需要朝外开个大点儿的门脸。"

然后我说出我的决定："我不想当这个主管。我想承包这个餐厅。我先试三个月，若是能成，除了我们的员工免费吃饭，我每年再给公司上交五万元利润，算是房租费。"

我说的是五万元，不是五百也不是五千。我被自己吓了一跳。对于做餐饮，我骨子里有一股子狂野。

老板还没答话，老板娘就激动地拍了一下车座扶手，说："这个也算我一份儿。反正小瑜走了，我在家也没事儿！"

　　任老板微笑着点了点头，又摇摇头说："果真，我没看走眼啊！"

　　然后他侧过身问我："听小瑜说你爸自己写过菜谱，难不成真给你们留下过秘传绝技？"

　　我不知什么时候竟然给小瑜说起过我的父亲。但老板此时此地说起他，让某种情绪击中了我，我有点发抖，不知道是激动还是伤感。

　　我意味深长地回答道："是啊！"

十九

　　说了我妹妹小五的爱情，我还想说说我的爱情。

　　有人说穷人不配拥有爱情，毕竟贫贱夫妻百事哀。这是我从父母和我的那些穷亲戚身上看到过的。再美好的初见，也终是会被日子的窘困弄得千疮百孔。在我开始创业的那几年，拒绝过许多真真假假的求爱者。不是那些人里面没有优秀的，是我一直没想明白，我要找一个什么样的。我那时仅仅是想着合适不合适，我没有奢想过爱情，因为我从来不知道爱情是什么样子。一晃我就过了三十岁了，任小瑜的妈妈给我介绍过不下十个人，她比我自己都操心，阿姨是真的爱我，她总是说："你妈妈不跟着你，这么好的孩子，我一定得操心给你找个好人家。"

　　我妈妈？想到我妈妈我更不想结婚了。我来深圳这些年，除了偶尔寄点钱回去，基本不和家里联系。我和二姐有时会通个电话，我是要让家里人知道我的音讯。至于我的母亲，她大概是不会主动找我的，更不要说我结不结婚。

阿姨挑的那些人，我并不是没看上，是压根儿就没认真看过，心不在此。我一个人在深圳，头几年唯一能待得住的地方就是小瑜家。叔叔阿姨两口子是真心待我好。小瑜一直在国外，每次假期回来我们俩都黏在一起，几乎没分开过。小瑜真是又懂事又孝顺，在国外也时刻惦记着爸爸妈妈，每次打电话都让我多去家里陪他们。我一有空就会去，反正我一个人也没什么事，真是把这里当成自己的家了。每次去都顺便在超市买些菜，亲自下手做给他们吃。阿姨常常开玩笑说："丫头，咱们家小瑜要是个男孩，我就让她娶你。你和这个家天生有缘分。"

小瑜当然不会娶我，她嫁了个美国老公。她那边欢天喜地，四处晒旅行照，这边爸妈哭得稀里哗啦的。就这么一个宝贝女儿，却远嫁到大洋彼岸。当时我也觉得嫁个外国人，心里无论如何都过不去。我打电话问她："你是不是吃错药了？你那么百依百顺的一个人，怎么在婚姻大事上不听听叔叔阿姨的意见呢？"

"你怎么这么糊涂呢？"她一边嘻嘻笑着，一边特别认真地跟我说话，"一码归一码，孝顺是孝顺，那是我应该做的；可婚姻是我自己的事儿，我不能让任何人替我做主。况且，我父母并没有阻拦我，一直说尊重我自己的选择啊。"

我的心一阵疼痛。想想姐姐和妹妹的婚姻，我对婚姻有一种本能的抗拒和恐惧，之所以一直不找对象，恐怕也和这个有关系。

每当叔叔阿姨心里因想女儿而伤感的时候，我就劝他们说，还不如移民到美国，索性跟着小瑜他们一起生活算了。叔叔说，他的公司离不开，如果他走了，从河南老家拉出来的这几百号人怎么办？况且他一口西餐都咽不下去。阿姨也说，她一句英语都不会，跟个外国女婿生活在一起，她根本无法接受。

那些日子我怕他们伤心，去家里的时间更多了。我去他们家以后一直拿的有家里的钥匙，小瑜出国的时候我想还给他们，阿姨还把我说了一通："你也想走啊？小瑜不要我们了，你也想抛弃我们？"他们完全把我当成自己的女儿了。我出入自由，我交代保姆买什么菜做什么饭，我管制叔叔抽烟喝酒，带阿姨去做护理去上瑜伽课，一副当家做主的样子。不了解的人还以为我是任老板的另一个女儿。阿姨听人这么说，也从来不反驳，反而得意地看着我，一脸的幸福模样。我不得不说，我命好，开始闯世界就遇到这么一家人。并不是每个人都能如我这般幸运。

叔叔总是担心阿姨想女儿会想出病来，就让她每隔一段时间去美国看看小瑜。没跟他们在一起生活的时候，感觉他们这样的人是别样世界的人，和我的家庭相差千里。他们原本也是基层小公务员出身，夫妻俩辞了工作一起闯天下，同甘共苦，相濡以沫，一步一步熬到今天。与他们相处多年，从未见他们发生过大的口角。有时候叔叔因为工作不顺心，回家说话声音高一点，阿姨就连哄带劝地安慰他。阿姨不高兴叔叔喝酒，逢他喝醉也生气，生气也只是嗔怒："你不爱惜自己身体，你老了病了我可不伺候你！"叔叔就笑道："那还不好办？到时候我就找个年轻漂亮的伺候，你可别不乐意。"阿姨说："估计你不敢。你找一个试试？我不说话，你闺女就会收拾好你。"叔叔说："我怎么会怕一个毛丫头？我是怕你不要我，上哪儿再找一个给我亲手熬汤蒸米饭的女人？"

我觉得他们就像孩子一样，还保留着童心。这样从不斗心眼，对所有人都坦诚相待的两口子，怎么能把企业做这么大？可又如何能不把企业做这么大？这对我后来的企业管理也是一个深深的触动。

他们斗嘴的时候若是我在，我就假装愤怒地提出抗议："秀恩爱等我不在的时候秀，别忘了家里还有一个大龄女青年。"我总能在合适的时候逗得他们哈哈大笑，我们合着就该是一家人。

　　后来我的餐厅上道了，不，是我们的餐厅，任老板夫妇是我的大股东。我渐渐结识一些人，是我把李轩哥介绍给阿姨他们的，大家渐渐都成了朋友，家事公事都相互照应，后来李轩哥也入了我们的股份。说实在的，那时候李轩哥的心思，是阿姨先窥破的，而且她也是觉得李轩人好，曾经劝过我。我说我把他当哥哥了，不是他人不好，是我怕我自己不够好，我没有想嫁给他的愿望，是亲情不是爱情。这样嫁给他，在感情上不是害人家吗？阿姨非常理解，她说大概你们的缘分还是未到。

　　就是那次，叔叔和阿姨又一起去看小瑜，我奉命在家里看家。家里还养着小瑜的宝贝狗任小白和任小白的女儿小小白。任小白是一只白色的泰迪犬，已经十四岁了，走路都有点蹒跚，得有专人伺候。阿姨不在，我就是狗保姆。

　　叔叔阿姨刚走不久，家里就来了客人。

　　我正打扫卫生，听见有人按门铃。我打开门看见一个一脸傻笑的人站在门口。小小白大声地抗议着，不想让生人进门。他却开口便叫："小瑜姐！"

　　来的人是个毛头小子，长相嘛，乍一看一般般，仔细一看更加一般般。个头倒是不低，怎么着也得有一米八靠上。这么高大的个子，却一脸稚气，戴着两只银圆大小的圆饼眼镜，看起来很搞笑。

我被这个人的傻气逗笑了："你什么眼神，凭我这五大三粗的样子，你哪只眼看见我是你小瑜姐了？"

"那你是谁？"他把头伸进门里寻找。

"我是你小瑜姐的朋友，不行吗？"

我把他让在沙发上，给他倒了水，便上楼给小瑜打了个电话。小瑜那里是半夜，她睡意蒙眬地听我说完，在电话里哈哈大笑，她说："他就是我给你讲过的那个傻呆。"我在这边也哈哈大笑，"傻呆"的故事我听得可不少。我问小瑜，"我该怎么安置他？"小瑜说："你怎么安置任小白，就怎么安置他得了！给他找个睡觉的地方，一天三顿饭管饱。出门脖子上挂个牌，写上咱家地址和你的电话号码，别万一走丢了回不来。"

这人是任小瑜的表弟，阿姨的亲侄子。阿姨姓乔，她侄子叫乔大桥。小瑜给这个表弟取绰号"傻呆"。傻呆也不是十分傻，是他们老家的高考状元，清华大学建筑系学生，今年硕士毕业。假期结束就要去美国读博，已经被美国康奈尔大学风景园林专业录取。小瑜说，她这个表弟除了会学习，情商是个零，一句囫囵话都说不好。谁要是问他长大干什么，他就回答，学习。要是问他有什么爱好，他仍是回答，学习。他在清华读了六年，北京城都没转过来。小瑜曾问他清华大学校园有什么特色。他直接给她发来一张校园的鸟瞰图，然

后再发一大堆评论文章。再问他，他就说学校哪儿哪儿有几
棵百年老树。再问仍旧说不明白，好像他在清华只待了六天，
而不是六年。

"不知道这样一个傻呆，是怎么考上康奈尔大学风景园
林专业的？这个专业一直是康奈尔大学的优势，别说在美国，
就是在世界范围内都算得上前列了。"小瑜说。

"也别说，看看那瓶底儿似的眼镜就知道为什么了。"

家里多了一个人，让我很有压力，下了班还得想着给他
弄饭。但他在家里待了两天我就放松了。乔大桥比任小白娘
儿俩还省心，给啥吃啥。到了饭点，我做饭，他就规规矩矩
地坐在餐桌边等着，两手放在膝盖上，等着我端给他吃。菜
做好了，若是我忘了放碟子和筷子，他不说话，就坐在那里
一直等着。我的天！这真是弄个油饼挂脖子上都不知道转圈
吃的主。有一次我有个应酬，给他打电话说晚会儿再吃饭。
一直到我回来，他就坐在餐桌边傻等着。我赶紧给他做了个
蔬菜沙拉，下了一碗水饺。他呼呼啦啦就吃完了。我问他：
"沙拉好吃吗？"他回答："好吃。"我收拾碗碟时发现，洗的
蔬菜全部吃了，旁边小碟子里的沙拉酱动都没动。我哭笑不
得，笑话道："傻呆，你吃的是原味蔬菜。"

从那以后我就和小瑜一样称呼他傻呆。他随即就答应了，
一点抗议的意思都没有。

我比乔大桥大七岁，在他跟前却像个妈。我带着他理发，进理发店时他像个流浪汉，出来时就变成了一个少爷。我看他打扮得三不整四不齐的，就领他去买衣服。我挑什么他就穿什么，我是设计师，他就是我的模特。从服装店出来，就像换了个人，精精神神一个帅哥。

我给了傻呆一把钥匙，上班走时我告诉他看书累了就出去转转。他也很听话，看一会儿书就到隔壁的市民广场晃悠一圈。那天我回来，他告诉我今天转了十一圈儿，走了两万多步。我说那好吧，今天犒劳你，咱们出去吃吧！他立马站起身，在门口等着我带他出去吃饭。在路上，我给他讲各种菜的味道和特色。他看着我，嗯嗯嗯地答应着。我以为他对这些不感兴趣，便说：

"人活着，不懂吃还有什么意思？"

"是的，可也不一定！"他认真地回答我，这是他第一次敢于反驳我。

"好吧，傻呆，"我像对待小孩子那样拍着他的肩膀，"你倒是给我说说，有什么意思。"

他脸红了，低下头，没有说为什么，只是傻呵呵地笑。傻笑是乔大桥的标志。

我的头发是轻烫一下披在肩上，做饭时为避免碍事，就随便弄个什么挽一下。有一天我给傻呆煎牛排忘了弄头发，

低头的时候头发挡住了眼睛。我正要用手理一下，头发忽然
被身后的一双手拢起来。我知道是傻呆，也没太在意，只是
感觉他用个什么东西给我别了一下。吃完饭我去清洗时才发
现，头上别着一个水钻的发卡。我最不擅长的就是弄头发，
不是披着就是绑着，被他这么拢起来别上一个头饰，一张脸
都变得闪闪发光。我跑出去问傻呆："你这东西哪儿来的？"
他一脸诚实地回答："在商场买的。"

"你自己？去商场了？为什么想起买这个？"

"你的头发总是披着，我觉得拢起来更好看，更显气
质。"

"好看？气质？"天啊，这是傻呆在说话吗？

接下来还有更多的意外，他会突然买一本书，说："送
给你的。"

"为什么要送我这本书？"简·奥斯丁的《傲慢与偏见》，
小瑜推荐给我读过。

"你很像她。"

"谁？"

"伊丽莎白。"

"咦？傻呆啊傻呆，你是说我像伊丽莎白小甜瓜吧？皮
糙肉厚是吧？"我说完哈哈大笑。

"有啥好笑的，"他沮丧地看着我，"我是认真的。"

"说你是个傻呆一点都没冤枉你！我哪里有一点'伊丽莎白'的影子？莫非哪里还有达西等着你老姐我是吧？"

调侃了几句，我脸色突然就凝重起来。某种伤感的情绪蔓延开来，我的脸上肯定出现了类似忧伤的神情，也许那一会儿真的像迷茫时的伊丽莎白。

"你会有的。你很好，非常好。"

我看见了他镜片后的眼睛，纯净得像一只羔羊。

我把书还给他，突然无厘头地烦恼起来，懒懒地把他扔在客厅里，独自走了。我的突然翻脸让他不知所措，接下来的几天我都对他爱答不理的，我做好饭会命令他自己去端盘子，自己摆碗筷。他吃完了我又凶他，让他自己收拾。他真的去洗，我又劈手夺过来。我被一种前所未有的情绪控制了，一种深藏在心底，连自己都不知道的烦恼和喜悦。

我在黑夜里拧自己的脸，我这是在干什么？我面对的只是一个孩子，一个傻呆。我怎么对得起阿姨对我的信任？还有小瑜，我如何对朋友交代？我的脸红得像根胡萝卜。我给自己冲了个冷水浴，在镜子里，我甩甩头发让自己恢复精神。

一切又恢复了原状，我恢复成一个大姐，一个小母亲。我忘记说了，傻呆三岁就没了母亲。据说母亲是进城购物时走失的，二十年没有消息。有人猜测死了，又有人说被人贩子卖到山窝子里了。失踪两年后被法院宣布死亡，父亲又娶了后母，生了两个妹妹。傻呆是跟着祖母长大的，他读书的费用全是姑姑——小瑜的妈妈出的。

闲暇时间，我又开始带着傻呆四处游走。我们去植物园，他拽一根草茎，三下两下就拧成一个戒指，捧着递给我。那么大的手，托着一点小小的精致，真是憨态可掬。抬眼看他的脸，一脸孩子气的傻笑。我们去看电影，他一下子变成另一个人，他会告诉我电影的来龙去脉，原著是谁，人物故事的合理和不合理，演员哪一点没表现到位，等等。他熟悉那么多演员，包括国外的，好像都跟他哥们儿似的。莫非他什么都懂得，却装傻充愣欺骗我们？

好在他就要离开了，他要去遥远的美国。我们，或许一辈子都不会再见面了。

果然我没猜错。傻呆真不傻，他去美国后开始对我全方位展示他的霹雳手段，一天一封邮件，狂轰滥炸。我不知道他是从哪儿弄到我的邮箱的，他并没有问我要过。傻呆的爱情炽烈到足以把我融化。我知道我们之间的差距有多大，年龄、文化以及阶级，每一项都足以让我窒息。所以我一直拒绝，绝望地等待着他苏醒。他开窍了，说不定哪一天就会和小瑜一样宣布婚讯，娶个洋妞也说不准。

这样痛苦地煎熬了三年，我瘦了，瘦得像个麻秆一样。瘦了之后也变白了。我不是矫情，我真的忧郁了，是那种来自心底的掩不住的哀伤。他们说我的气质越来越像一个大企业家。的确，我的生意越来越好，我变得越来越高级，离原来的我也越来越远。

这一天终于到来了，傻呆告诉我他提前毕业了。他发来穿着博士服的照片。那一刻我有点迷糊，不是说要五年才能毕业吗，怎么三年就毕业了？也太牛了吧？

照片上，他长大了许多，肩宽了，像一个成熟的男人了。他张开双臂，像个外国人一样对我歪着头笑着，那笑容我是那么熟悉。我多想扑进去，那个怀抱是我日思夜想的。我想爱他，好好爱！

傻呆说，美国有给他工作的机会。

我回复他，好啊，你有才华，那边的空间可以让你更好地施展。

傻呆说，我要你也过来，嫁给我。美国的中国餐也有很大的市场。

我毫不犹豫地告诉他，我不会去的！离开中国，我做出来的仅仅只是食物而已，不管挣多少钱都不会成为我的事业。我并不明白我为什么这样说，我是爱我的国家吗？还是爱差不多被我遗忘的家乡？我已经走得太远了。

我告诉他："忘记我吧！找个合适的姑娘成家立业。"

我好久再没收到他的任何消息，我昏睡了两天，觉得一切都过去了。也许根本没来，也不该来。我要求自己把一切都放下，毕竟长痛不如短痛。

一个月后，阿姨打电话让我回家一趟，说有要事。我连忙放下手头的工作赶回家去。进门就看见了笑嘻嘻的傻呆。那一刻，我如遭雷击。阿姨说："大桥把什么都告诉我了，他要娶你。"

"我？"我也顾不得面前是阿姨，泪流满面，泣不成声。

"好孩子，这几年你一直都心事重重，你该早点告诉我。"

我呆呆地站着，哽咽着说："阿姨，这不合适。"

"再没这么合适了，傻孩子！他不娶你娶谁呢！往后啊，该改口叫姑姑了。"阿姨过来拉住我的手说。

我和傻呆第二天就去办理了结婚手续。傻呆把工作签到了深圳的一家设计院。办完手续，我们默默走到办事处对面的公园里。好像一切才刚刚开始，又好像一辈子的话语都已经说完。他说："你去哪儿我就跟到哪儿，我是你永不割舍的一部分。"

我看看他，把手递给他。这是我们第一次手拉手。他把我揽在怀里，我把头抵在他的胸口说：

"傻呆，我也是。"

傻呆说："你是我生命中最重要的人。"

我说："傻呆，你是我的全部。"

说完，我忽然颤抖起来，泪流满面。我拿着他的手放在我泪湿的脸上，轻声说道："阿呆，阿呆，掐我的脸，我要疼！我不是在做梦吧？"

然后我就伏在他怀里痛痛快快地纵声哭出来。有生以来，我这是第一次这么痛痛快快地哭，那声音盖过了周围的一切。我的眼泪鼻涕濡湿了他的新衬衫，我哭花了自己精心勾描的脸。我把我这些年的眼泪都攒着，就是为了哭给他，一个傻呆，我的阿呆！

在傻呆面前，我彻底地打开了我自己。多年藏在心底的淤结，一层层地揭开，我的家庭，我的母亲，甚至我父亲的死。我说："阿呆，一直以来我都是赌着一口气过来的。我也不清楚赌什么，反正是放不下。"

傻呆抚着我的后背，深情地说："没事亲爱的，你会放下的。"

"会吗？"我在黑夜里大睁着眼睛。

不过，我终于相信了这个世界上是有爱情的。我的父母不懂得，我的兄弟姐妹不懂得，但我懂得了。

二十

这次回来，本来我不再想找弟弟说安葬父亲的事儿，我知道说了也是白说，我弟媳妇那一关就过不了，到时候不但拿不到钱，还会惹一肚子气。但母亲既然已经给他打了电话，说这钱要他们拿，我不见就是我没走到，到时候两边都会怪罪我。

这次母亲对父亲的事儿这么上心，我和妹妹猜了很多次，都猜不出来她的心思。是不是跟她这两次生病有关？也许她觉得自己也快走到了生命尽头，见面时要对父亲有所交代？

但母亲并不是那样的人，她一生都不肯示弱。

到弟弟那里去我还要了却一桩心愿，我想去看看他们那里的派出所所长，我曾经托人家办过兄弟媳妇家的一桩事儿，办完之后一直没有时间感谢。

弟弟算是弟媳家的入赘女婿。我们姐弟几个的婚姻，除了我还算顺当，其他几个的事儿扯起来都有点长。当年弟媳的父亲在我们村子边上开了一个超市，弟媳也跟着父母过来读书，刚好跟我弟弟是一个班。弟媳长得虽然不是太漂亮，但被娇养的孩子不一样，气质独特，且能歌善舞，自幼学得一手好琵琶。弟弟一门心思迷上了她，可是人家根本没把我弟弟放在眼里，她喜欢的是我们这个城中村村主任的儿子。高中一毕业，两个人就大操大办结了婚。

那时候城市化刚刚开始，村里大拆大建，政府和开发商都要征地，所以村主任是个肥差，恐怕也借机敛了不少钱。村主任的儿子买了一辆大路虎，天天跟开个坦克似的到处显摆。有次他拉着父母去朋友家喝酒，回来的时候被前面的一辆破手扶拖拉机挡住了路，路虎发挥不了威力，怎么按喇叭，前面始终让不开路。那天他们都喝了不少酒，情绪极度亢奋，再加上有点生气，他大着舌头问父亲："老大，今天让您破费点小钱吧？"他父亲眼睛都没睁开，大大咧咧地说："小子，你看着办吧！"他一脚油门轰到底朝拖拉机冲去。想着他这么好的车，对付一个破手扶拖拉机根本不是事。没承想拖拉机被撞飞了，车斗里拉的几十根钢筋借着惯力冲出来，有几根从路虎的挡风玻璃上直插进来，把他父子两个穿个透心凉，当场就死了。

那时候我未来的弟媳刚刚生了一个儿子，正是在家里颐指气使作威作福的时刻。可是这突如其来的打击，让这个家顷刻之间支离破碎。婆婆虽然伤得不重，但精神却差不多崩溃了，家里什么事儿也管不了，家里亲戚过来连偷带拿，弄得一个家乌烟瘴气。弟媳本来贪图人家的家业，可房本上没一处写的是自己的名字。更难以接受的打击来了，婆婆失去了丈夫，失去了儿子，她再不能失去孙子。开始霸着孙子不让儿媳妇碰，后来干脆抱着孩子藏起来不见面了。

弟媳被这突如其来的变故弄得晕头转向，天天脸不洗头不梳，病得要死不能活，父母只好把她接回娘家。恰好那会子我们村子拆迁，把他们的超市也给拆了，她父母又带着她回了老家开封。

我弟弟觉得这是天赐良机，一而再、再而三地追到人家家里，捧着大金戒指求婚，非要给人家当上门女婿不可。对这送上门来的好事，人家还能说什么呢？兄弟媳妇收拾得花枝招展地应下了这门婚事，二话不说就去办了结婚手续。老两口生有一儿一女，儿子结婚后另过了，跟前就这么一个闺女，老两口高兴得不得了，直喊我弟弟活菩萨。他们觉得是我弟弟救了他家闺女，救了他们一家子人。

这事儿把我母亲气得要死要活的，但是没用。说来也怪了，母亲对我们几个姊妹从来都是斩钉截铁，不允许还嘴。就是对自己的儿子，从来没敢说过一句硬话。但这次我母亲开始还是拼命阻拦了，要死要活的。我弟弟说，我就是要娶这个人，你要是敢逼我，我立马去投黄河，让你们家断子绝孙！

母亲吓得脸色都变了，她知道我弟弟不会洑水。

母亲的重男轻女是摆在桌面上的。自从我们家有了弟弟之后，她就再也没有把我们姊妹几个看在眼里，全世界就只有她的儿子，好吃的好穿的都是他的。但弟弟是扶不上墙的烂泥，虽然也不干什么坏事儿，就是混吃混喝，没囊气，更没什么志气。有一次，我二姐说，他就是我父亲的翻版。这话被我母亲听到了，一巴掌扇到二姐脸上，五个指印几天都没下去。她死都不愿意承认自己的儿子像他爹，更不会允许自家人这样说。

弟媳家那个镇子离开封中心城区很近，现在已经成了市经济开发区。说来也怪，不管我弟弟做事如何荒唐，自打和弟媳结了婚，突然就上路了。夫妻俩在镇上开了一家饭店，开始是我弟弟亲自掌勺，硬是把饭店一铲子一铲子炒出名气来了。后来他培养了几个徒弟，又招了大厨，生意慢慢做大了。开封是个古都城，古迹颇多，来看古城的人尽管不火爆，可也常年络绎不绝。几年下来，临街盘了几间门面房，接连生了两个闺女，一高兴后面又买了两亩地盖了个小院，日子过得相当滋润。

我母亲一直没认这个儿媳妇，这也是她这么多年不愿意回河南的一个原因。我妹妹有时候逗她：你不认媳妇总不会孙女也不认吧？我母亲说："我这一辈子就厌烦闺女。"我母亲就是这样，她后半辈子都是吃闺女的，住闺女的，但是要让她心里认可闺女可真是不容易。

去年弟媳妇的娘家侄子想去当兵。但这孩子在当地名声不好，打架斗殴是家常便饭，是派出所的"常客"，所以派出所不给盖章。弟媳不知道怎么打听到我跟派出所所长的老婆是小学同学，关系很好。其实，过去许多年并不来往，只是近几年我成了家乡的名人，她来深圳旅游找我，是我接待的。她很是感激，关系就热络起来了。

弟媳便让弟弟给我打电话。我拒绝了，说这事儿不好管，让人家为难的事儿我开不了口。我弟媳自个儿给我打了电话，还没张口就先哇哇大哭。说她娘八十多岁了，就这么一个孙子，不把他安置好，老娘会死不瞑目。对于这个半路冒出来的弟媳妇，我不知道该怎么拒绝，也知道如果拒绝了她，我弟弟将会面临怎样的处境。于是万般无奈，就给派出所所长的老婆打了电话。所长的老婆倒是干脆利索，她在电话里说，这不是个事儿，你谁都不要找了，这事儿我帮你。这样的孩子去当兵，让部队再去教育教育他也好！

果真人家把这事儿利利索索给办了。

那天去看他们，因为带的东西多，我让大姐夫开车跟我一起去。现在郑州和开封已经实现了一体化，道路非常好走，我们早早就到了他们家。弟弟已经明显发福了，头发也谢顶得厉害，那个中年人的样子猛一看真像我父亲。但认真打量，跟我父亲还是相差甚远。我父亲骨子里有一种尊贵，那是别人触碰不得的，虽然历经岁月的削磨，但依然坚硬；而我的弟弟则缺少这种东西，他是一味的软，软到卑微。我母亲不承认儿子像父亲，我倒是觉得他不配像父亲。

我弟媳则打扮得光鲜亮丽，乍看起来比我弟弟小好几岁。其实她比我弟弟还大两岁。弟媳一副志得意满的样子，一见面没有寒暄几句，就高门大嗓地说着他们现在的一切，刚刚从云南买回来的红木家具啦，在云南茶山上定制的老树普洱茶啦，刚刚去日本旅游买回来的衣服啦。反正绕过来绕过去，就是闭口不提父亲墓地的事儿。

在我脑海里闪回的，还是我们过去的家庭。我想起父亲和母亲，心头难免一阵心酸。看着我油腻不堪的弟弟，禁不住总是想到在昏黄的电灯光下说书的父亲。

说了一阵子话之后，我给派出所所长的老婆打了电话，说中午我请他们吃饭。人家也挺给面子的，我放下电话不久，两口子就带着几个关系不错的同事过来了。中午喝得很是高兴，两口子也很会办事，所长夫人给我带了礼物，场面弄得热热闹闹，给足了面子。弟弟弟媳也很高兴，我弟弟亲自掌勺，上的都是店里的高端拿手菜。我们几个轮番敬酒，大家尽兴而归。

吃完饭，我送走客人，去了趟洗手间。从洗手间出来，发现人都回后面院子里去了，只有大姐夫站在门口等我。我正要出去，却被服务员拦住了，说让我到收款台结账。我愣了一下，笑着说，你弄错了，我是你们老板的姐姐，今天是你们老板请客。服务员也笑着说，老板娘刚才专门交代了，说是你请来的客人，这账她让你结。见我愣了一下，服务员说："我听老板娘说，您是深圳回来的大富翁，这点小钱算什么啊？您不知道老板娘的脾气？这两千九百二十块钱如果您不拿出来，得从我的工资里扣。"

我笑了笑，赶紧从包里抽出三千块钱给她，说多出来的算是小费，我们深圳都兴这个。服务员立时脸笑得开了花一样，说，姐可真有气质，和我们老板娘比起来，你是牡丹，她也就是朵西兰花。说了自己先捂着嘴笑歪了脸。

出了门，我看见大姐夫已经坐在车里了，知道他为刚才的事儿不高兴。我拉开车门，把他喊下来，小声说："哥，算了，这种事儿一介意，反而显得我们小气，让咱弟弟也下不来台。"

他长叹了口气，跟着我回到后面院子里，坐下来喝了一阵子他们的古树普洱茶，又和弟弟弟媳说了半天话。弟弟说："姐，你轻易不回河南，走时想带点啥，我给你买去。"弟媳妇不等我谦让就抢着说："深圳什么没有,人家咋会稀罕咱这些不入流的东西?"我弟弟闷了一会儿,站起来又坐下,终还是起身去院子里翻出一袋子晒干的草叶子,说:"这是我们秋天在黄河滩挖的蒲公英,沙地里长的,连着根拔出来晒干的。这个熬水喝,消炎效果非常好。咱妈爱嗓子发炎,不用吃药,拿这煮水喝一天就好了。"弟媳妇也赶忙说:"对对对,蒲公英可是个好东西,特别是黄河滩里的,纯野生,听说还有降'三高'的作用呢!"

关于父亲的墓地问题,他们一字没提。我更不想再提起。

车子走到半道,我弟弟突然发来一条微信:三姐,我挺想咱妈的,她要是愿意回来住一阵子,我去郑州陪她。

我回复道:好的!想想过于程式化,便把感叹号删了,在后面加了一个愉快的笑脸。

我离开的那一天,大姐夫送我。二姐和二姐夫后来也赶了过来。在机场托运完行李,到了安检口跟他和二姐、二姐夫告别的时候,大姐夫递给我一个用旧了的小化妆包,他说是大姐让交给我的。我随手放在手提包里。在飞机的头等舱安置好之后,我带有几分强烈好奇地打开那个小包,里面一层一层地用餐巾纸包裹着一卷硬硬的东西。一共包了五层,打开之后,一个红皮笔记本的塑料封面里,夹着一个自制的小本子。那种纸质相当低劣，但剪裁得很整齐，顶头用白线极精细地缝合在一起。白线已经泛黄了，被手指摸过的地方也形成了灰黑色的霉斑。仔细辨认，缝起来的地方还露着"兽医站处方笺"的暗红色字迹。

那一刻，我几乎魂飞魄散。平静了好一会儿，哆嗦着掀开小本子，扉页上写着：《关于做菜的几种方法》。居然还用了书名号。一页页地翻下去，一共三十几页，每页一道菜，详细地记述了选材和制作方法。

这就是我们探寻了几十年的秘密，我父亲的菜谱。钢笔，漂亮的楷体，线条流畅优美，刚柔并济。

你可以想象我搂着那个本子，那种激动，那种癫狂，那种伤感，那种得意，简直无法用语言描述出来。我静静地等待着飞机倾斜着身子升到两千米，五千米，八千米，一万米的高空，它的爬高过程也是我的心情爬高的过程。等飞机平稳了，我镇定地站起来，把自己关进头等舱的卫生间里，哭了笑，笑了又哭，纸巾用了一大堆，脸上的妆容被冲得如乱花残蕊。我索性用清水洗了个彻底。假面消失了，镜子里几乎是一张让我自己陌生的脸。我打量着这张脸，想起傻呆常常说的一句话：你不化妆的样子才是最好看的。真的是这样，说不上是清水出芙蓉，但确实很好看。我对着镜子，给了自己一个开心的笑脸。

二十一

回到深圳，我给母亲看了购买父亲墓地的合同。只是预付了十万元定金，手续繁复得比买楼盘都不差，真正拿到墓地还得排队等到一年之后。这也就意味着父亲在入土之前，至少还得流浪一次。

母亲还没出院。她自己不愿意，说是要做完全部检查再说，反正现在国家给报销。我笑了，我说国家不报销难道还不给你看病是吧。

"那可说不定！"她总是喜欢嘴强。关于购买墓地大家对钱的事，她一句都不提。

我和医生商量了一下，医院保留住院手续，白天观察，人晚上回家住，第二天早晨再来。医生同意了。母亲也挺高兴，在这里住几天，虽然住的是单间，可满楼道人闹哄哄的，医生护士一会儿一趟，她根本睡不安生。病号饭有盐没味的，估计受了不少委屈。在她下床我妹妹给她穿鞋的时候，她提出想吃老家菜，说人一生病，就特别想念老家的味道。

我笑着说道："您和小妹天天在家不都是吃老家菜嘛！"

她说："那不一样。"

我朝妹妹挤挤眼，依然笑着说："不行您换个口味儿，去尝尝我们的餐厅好不好？"

她也不答话，径直朝门外走去。

我开车带着她们跑了半天才找到一家好点儿的河南馆子，点了几个河南特色的菜品，有红烧鲤鱼、老豆腐蘸酱、炸八块，尤其是她喜欢吃的扒羊肉。开始上菜，她吃得很高兴。我妹妹看她情绪不错，就特意多给她夹菜。后来等扒羊肉上来了，她把筷子放下，站起来趴在上面一边看一边拿鼻子吸溜吸溜闻着，然后摇摇头，扑腾一声坐下了，脸色也阴沉起来。她用手指着盘子里的羊肉说，这菜不是这个做法嘛！肋条肉要用肥羊肉，这瘦不拉唧的羊做不好。葱段也得用油炸黄，不能炒成这样黑不溜秋的！

我和妹妹惊呆了，从小到大，这是她第一次说到菜，而且是我父亲最拿手的一道菜。我和妹妹相互看了几眼，谁都不知道该说什么。后来还是妹妹说，这是在深圳，能吃到这样做的羊肉已经不错了，就凑合着吃点吧，回家让我们姐俩亲自给你做。

　　她要了一碗疙瘩汤，桌上的菜一口也没再动。吃完饭回家的时候，我们一路无话。最近一段时间，我觉得母亲的情绪确实很反常。

　　妹妹陪母亲住楼下，我和老公、女儿住楼上。寒假还没有结束，老公带女儿到普吉岛玩去了，屋子被保姆收拾得纤尘不染。回家这几天，快把我累散架了。我把浴缸的水放满，想躺在里面舒舒服服泡个澡。

　　在我昏昏欲睡的时候，听到母亲和妹妹在下面说话。楼上楼下的浴室在同一个位置。母亲说："……要说你们姊妹兄弟几个，嫁的娶的就你三姐夫最好。人有学问，又懂得跟人亲。我们娘儿俩在人家家一待这么多年，一个不喜欢的脸色都没有。"

　　"你不是说，住的是你自己闺女的房子吗？"我听见我妹妹哧哧地笑。

　　"别再胡说，再怎么说人家是一家人！女婿脸难看，我能吃得下饭？再说了，你房子弄好几年了，要不是你姐夫不让搬，说住一起热闹，我们娘儿俩……唉，我能不知道好歹？大桥这孩子，待人亲。"

　　"而且是真亲。我姐夫是不是真有点傻，跟谁都像没出五服一样，傻亲傻亲的。"我妹妹又哧哧地笑起来。

　　我母亲叹了一口气："我不是不想让你再找，是怕你找不到好人。你能遇着一个你三姐夫这样的，我死也瞑目了。"

我的眼睛湿润了，真上岁数了，最近变得越来越爱哭。我们姊妹四个，只有我一个人的婚姻是自己做的主。我母亲见到大桥后一直客客气气，不夸赞也不批评，从来没有态度。现在她这样评价大桥，其实也是对其他几个女儿的道歉。她实在太强势了。

母女二人沉默了一会儿。

后来我听到母亲说："……你爸啊，本事不大，气性不小。"母亲像是自言自语，也像是在对妹妹说。

父亲死的时候我妹妹还小，对父亲一点印象都没有。平时我和姐姐说起父亲，她也很少插话。

"妈，我爸已经去世几十年了。"我听见水花哗啦哗啦响，估计是在给我妈搓背。母亲这些年一步也离不开妹妹，她也真是会伺候人。"妈，您快快活活过好自己的晚年，什么都别想了。"

"唉——"母亲长长地叹了口气，"要是能放下就好了！"

我不忍心再听下去，起来把窗户关严实，也没心情泡澡了。浑身又疼又困，躺在床上怎么都睡不着，父亲死时的情景老是在眼前晃来晃去。父亲的死像一个死结，纠缠了我们几十年，莫非母亲想把它解开吗？突然想起来，在我回郑州给父亲买墓地之前，她曾经给妹妹我们两个说过这样的话：

"不入土就不算安葬。你爸死几十年没安葬，他不闹腾才怪！"这话是什么意思？到底是谁、怎么闹腾了？父亲肯定不会闹腾她，只有她自己闹腾自己，心里过不去这个坎儿罢了。

可是这道坎儿我也不敢往深处想，真不敢再想下去。

过得去吗？

过不去吗？

一股无以言表的杂乱而又清晰的疼痛浸透了身体的每一处。我们只有一个父亲，可是他已经死去了；而活着的，也是我们姐弟五个唯一的母亲啊！

母亲，我是恨着她的。可我恨了多少年就爱了多少年；恨有多深，爱就有多深。倏忽之间，她已经八十六岁了。我在黑暗中大睁着眼睛，任泪水濡湿枕头。我清晰地意识到，她离死亡越来越近了，这是我心底最恐惧的，要多恐惧有多恐惧。

我心里某些冷硬的东西在松动，好像沉积了几十年的冻土层在慢慢融化。尽管我不去想，可那些过往的日子突然雪片般向我飞来，一层一层地落在我心底，令我百感交集。

下午在医院看妹妹给母亲穿鞋的时候，我突然想起一件事。我在郑州的老房子里收拾东西的时候，看见母亲乱七八糟的衣服里面，还裹着一只纳好的鞋底子，只有那一只。当时我就猜想，另外一只是丢了，还是根本没纳出来？那只鞋底子很大，显然是父亲的。如果是父亲去世前纳的，为什么母亲还要一直保留着呢？

那只鞋底子虽然做工不是很精致，但明显可以看出来，母亲还是下了很大工夫的。鞋底子纳得厚厚实实，针脚密密麻麻。它像有生命似的与我对望。一瞬间，我被感动得热泪盈眶。我想起二姨说过，家里再穷，我母亲也保证父亲出门必须穿戴得齐齐整整、干干净净，能有模有样地站在人前。这母亲一针一线纳出来的鞋底子，曾经寄托过她多大的希望啊！

我拿起那只鞋底子，把它紧紧贴在脸上很久很久，感受着它的坚硬和温暖，然后把它放进我包里。我想，等父亲入土的时候，我一定要把它跟父亲放在一起。

郑州的小房子，我在售房网上挂出去了。可我没告诉任何人，在郑州东区最好的地段北龙湖西岸，买了一套带院子的洋房，两层带地下室，加在一起有四百多平方米。我母亲要是想回郑州就让她回来住。她稀罕土地，深圳的楼顶上搁满了盆盆罐罐，里面种满了荆芥、玉米菜、薄荷、小茴香，都是她让我妹在网上买的家乡的菜种。一个带院子的房子会是我母亲晚年最美好的期盼吧，可以让她任意栽花种菜。这里离黄河咫尺之遥，距开封也只有半个小时的车程。孩子们谁想陪她住谁就过来，反正房子足够大。

我待在郑州的这一段时间，抽空转了市区的各个地方。西区改造成了一个标准的绿城，拥挤却充满秩序。而庞大的郑东新区，高楼大厦之间，有着阔大的开放式公园，处处草木葳蕤，生机勃勃。郑州，也许克隆了别的城市，但她长得像谁又如何呢？无论像谁，她毕竟是她自己，她有自己的核心文化，她有自己的发展逻辑。过去那个老郑州是回不来了，但是一个崭新的郑州依然是郑州。人在变，城市也在变。我父亲死去几十年了，不也一样在变？

我的家乡，一切皆好，一切都会变得越来越好。当我们想着她好，想着让她好的时候，她怎么能不好呢？

我父亲将回到黄河岸边的邙山，他可以俯瞰河流的两岸。他老人家在另外一个世界，也一定改换了容颜，体态从容，坦然以对。

我估算了一下，这个眼下已经拥有一千万人的特大城市，按照国家中心城市的规划，还有两千万人的增长空间。虽然这个城市处处都是豫菜，但不具规模，没有统一的标准，也不成体系。这里的粤菜馆子也有几家，但做得不伦不类，更是不具规模。我要回到郑州来，我想研究开发豫菜体系。我还想把地道的粤菜搬回来，甚至想搞一个菜系融合工程。我设想用餐饮撬动一个有着巨大潜力的市场，我相信公司的那些股东，任老板、李轩、赵伟峰，还有我的兄弟姊妹们，他们一定会支持和加入这个返还家乡的团队。这样的设想，母亲还会觉得做吃的丢人现眼吗？

一切荣耀归于我父亲！这是我母亲，我，还有我姐妹兄弟，以及所有亲我们爱我们的人共同的念想。

我的父亲叫曹曾光，他生于黄河，死于黄河，最后也将葬身于黄河岸边。他再也不是我们家的耻辱，我要完成的正是我父亲未竟的梦想。

二〇二〇年二月十一日完稿于郑州

看见最卑微之人的
梦想之光

（代后记）

一

　　没有隐喻，也没有隐藏。父亲的历史大白于天下，像大段大段的对白，也像若有若无的哼唱，在喉头紧处，又似一声断喝。

　　所谓历史清白，怎么听起来都像一句谎言。即使简单清楚如父亲的历史，在关键的地方亦有隐曲，像一小片怎么也擦不干净的灰渍。

　　父亲死了并不是看点，尽管父亲是怎么死的似乎贯穿始终，但我觉得那不是这个故事的关键。父亲死犹未死，才能配得上"黄河故事"这么宏大的叙事框架吧！但我写父亲的初衷却远不止于此，他的故事在我心里活了十好几年，甚至有可能更长。

一个时期以来，我热衷于写父亲，我的父亲和我父亲以外的父亲。但他们不是一个群体，也毫无相似之处。他们鱼贯而入，又鱼贯而出，在光明之处缄默不言，又在遁入黑暗后喋喋不休，像极了胡安·鲁尔福的小说里那种人鬼之间的窃窃私语。我从时间的深处把他们打捞出来，他们的灵魂和骸骨钙化在一起，期待我们"自将磨洗认前朝"。那是他们不死的原因。我看到了在历史熹微的光芒之下，他们卑微如草芥的人生逐渐被放大、再放大，直至覆盖了整个宇宙。

二

几千年来，在关于父亲的故事里，母亲的面目总是模糊不清。即使我们把母亲作为主角放在故事的中央来述说，她倾其一生也只是为了证明不亚于父亲。这是一个双重的悲哀，在东西方文化里概莫能外。即使跨入新时代，虽然有人提倡真正的女性主义不是女性与男性之间的对决，而是女性和男性站在同一阵线上去对抗性别歧视，但这也仅仅是一个说法而已，并不能真正改变女性的地位，有时候反而适得其反，让女性的面目变得更加狰狞。

像大多数父母都是把自己的梦想托付给孩子一样，绝大多数女人也需要通过男人来实现自己的追求。故事里的母亲就是这样一个主角。她是一个经见过世面，有主见有担当的女人。她的梦想远远比父亲的梦想更高远，却也因此更悲哀。她从不向命运低头，家族曾经的荣光一直成为她追逐的目标，她觉得父辈们跌宕起伏的人生才值得一过。虽然她经见过的世面未必比丈夫大，但她对成功的体认远比丈夫来得迫切，所以开始的时候她一心一意想扶助丈夫活得体面些，但一腔热情总是在坚硬的现实面前灰飞烟灭。作为一个女人，她所能做的也仅此而已，尽管"从我记事起，我就知道我们家是母亲当家，满屋满院都是母亲。父亲像是一个影子，悄没声儿地回来，悄没声儿地走"，但母亲依然不能活成她自己。她的理想在丈夫身上得不到实现，在儿女身上也是如此。所以她的幻灭之深、她对丈夫由爱到恨的转折以及把那种恨延续到孩子身上的无奈，有着情理之外却是意料之中的合理性。丈夫的死即使不是她故意为之，她也难辞其咎。同时她也是自己执念的牺牲品，说是同归于尽，也不能算是刻薄。

流转的历史岁月，变迁的地理空间，回到彼时彼地，回到文中人物心灵的隐秘幽微之处，那种爱和怨恨的复杂交织，一旦被提及触碰便永远都是痛。其实当我们置身其中，能够深深地感受到的是爱不起来、恨不彻底、痛不完全的无奈。毋庸讳言，像很多家庭一样，曾经有某些事情发生了，但那只是一家人生活的一部分。如果不是放在小说里，它就像没有发生过一样，或者说，我们宁愿相信什么都没有发生。

爱会在代际之间传递，恨也一样会。父母之间的张力和博弈，给孩子们的心灵带来了长久的伤害，也对他们今后的成长形成了某种暗示。他们凹凸不平的性格里，却不都是善良。不管是大姐的自私，二姐的隐忍，还是我的无奈，弟弟的懦弱，都是嫁接在恨的母本上，有着父母投下的浓重的阴影。尤其是孩子们不约而同地从事餐饮工作，构成一幅疼痛而真实的人间烟火图景。这的确令人唏嘘不已，但对于母亲之外的人而言，这未必是伤痛，还可能是安慰。

三

看见最卑微的人的梦想之光，我觉得是一个作家的职责所在。往大里说，其实是一种使命。毕竟，如果没有足够的慈悲和耐心，那梦想之光是很难发现的。我斗胆说，那种光芒唯其卑微，才更纯粹更纯洁。我知道从逻辑上讲这种说法未必能够自洽，但这的确就是我写《黄河故事》的初衷。也可能我几岁的时候因为和父亲形成的隔膜几十年没有得到化解，所以这让我理解父亲的角度更加挑剔和刁钻。但自我为人妻为人母，尤其是父亲去世后，当我沿着历史的轨迹一程一程地回溯往事时，才体味到父亲作为一家之长的苦衷、妥协和悲哀。他生活在一个动辄得咎的环境里，小心侍奉的工作和生活危如累卵，稍有闪失便可能鸡飞蛋打。这是一个懵懂的少年所不能理解的，她哪里知道她对父亲爱的渴求是一种竭泽而渔的贪婪？除了给妻子子女安全的庇护，父亲也应该有自己的光荣和梦想。但是没有，终其一生，他得到的无非是追求，幻灭；再追求，再幻灭。那循环往复的击打，让父亲终于像一个父亲了，他不再抗争，从善如流。也许说起年轻时候的追求来，他自己都会哑然失笑。但我相信，我以及很多仁慈的读者不会笑，毕竟，我们也要像父亲那样活一辈子。